오케이 다시 한번 해볼게요

오케이
다시 한번 해볼게요
박여름 에세이

프롤로그

아팠던 일을 아무렇지 않게 말하는 사람을 볼 때 슬픕니다. 외로운 시간을 다 알 수 없지만 힘들어했을 과거의 모습이 그려지기 때문입니다.

쉽게 얻어지는 고요는 없었습니다. 쉽게 얻어지는 성공도 드물었고 쉽게 마친 아픔 또한 없었습니다. 저는 그것을 잘 알고 있습니다.

누가 들어도 버거울 법한 일을 웃으면서 얘기하는 것은 충분히 노력한 사람만이 할 수 있는 일입니다. 가장 슬프고 아름다운 일이기도 합니다.

웃으면서 말해도 당신이 애썼음을 압니다. 이 순간에도 묵묵히 고민에 마음을 소진하고 있음을 압니다. 이 글을 보며 끄덕이거나 울컥했다면, 자신을 아주 많이 사랑해 오셨을 거라는 것도 잘 압니다.

당신이 얼마나 다시 한번 잘해 보고 싶은지 나는 알고 있습니다.

2024년 8월
그럼에도 나아가는 모든 마음을 응원하는
박여름 드림

차례

1장

사랑은 좁고 깊게

2장

갑자기 생각나서 연락했어

3장

좋은 하루 보내세요

4장

다시 한번 해볼게요

⋆
⋆
⋆

1
장

사랑은
좁고 깊게

일러두기

저자 고유의 글맛을 살리기 위해
표기와 맞춤법은 저자의 스타일을 따릅니다.

어울리는 옷

책을 좋아하는 친구와 어울리니
세상이 확장돼 보였다
주고받는 문장 속의 단어도
제법 어른스러워졌다

화가 날 법한 일에도
사정이 있지 않겠냐며
모든 상황을 이해하는 친구를 만나니
나도 좀 더 너그러운 사람이 되고 싶었다

너희를 따라
나도 지혜로운 사람이 되고 싶었다

너희를 따라
나도 열심히 누군가를 이해하고 사랑했다

모든 만남이 지금의 나를 만들었으니
사람은 이렇게나 중요하다

같은 위치에만 머무르고 있다는 생각이 들면
과감하게 환경을 바꿔볼 필요가 있다

좋은 곳에 어울리는 내가 되기 위해 애써 본다

나를 위해

미워할 만한 사람은
미워해도 된다

쉽게 본다거나
함부로 말한다거나
티 하나 내지 않고
나를 미워하고 있었다거나
일상에 지장을 줄 만큼
무언가를 상상하게 하는 거

아픈 걸 견디면서까지
잡을 만한 일은 아니다

뜨겁던 시절이 지나고 남는 것

지인에게 호감을 기반으로 연락하는 사람이 생겼다고 한다. 그러나 그의 표정은 무난해 보였다. 행복하겠다는 나의 말에 덤덤히 고개를 끄덕이다가 대답한다. '모르겠네요. 잘 되면 만나보는 거고, 안 되면 별수 없죠….' 그러면 마음이 크지 않은 게 아니에요? 라는 질문에 무언가를 골똘히 생각하는 듯 보인다. 뒤를 잇는 그의 말은 이렇다. 쩔쩔매고 심장이 쿵 내려앉는 기분을 경험한 예전과는 달리 의연하다고. 사람에게 별 기대를 안 한다고. 사랑도 이별도 많이 해 보았으니 별로 감흥이 없다는 게 이유라고 했다. 그러면 이제 나의 마지막 질문.

'심장이 뛰고 시간이 멈춘 듯한 사랑이 당신에게도 있었죠?'

비단 그의 고충만은 아닐 것이다. 요즘 나의 주변에는 이런 마음으로 사랑을 대하는 사람이 많이 보인다. 뜨거웠던 사랑은 지겹도록 경험해 봐서 전처럼 목을 매지 않는다는 사람들. 자신을 지킬 수 있으니 축하를 보내는 동시에, 어쩐지 사랑을 귀하게 여기는 마음조차 잃어가는 것 같아서 아쉽기도 안타깝기도 하다.

너는 세상이 너무 아름답다고만 믿는 것 같아. 그러지 않아도 될 텐데. 나에게 이런 말을 하는 사람도 많았다. 내가 아직 어린가? 내가 아직도 덜 아파보았나? 싶지만, 그럼에도 매 순간 충실히 사랑을 대하고 싶다. 시간 지나 자연스레 깨달을 수는 있어도 사랑에 힘을 줄 필요가 없다는 사실을 빠르게 체득하려 애쓰고 싶지는 않다.

같은 이유에서 가장 최근의 연애를 중단했다. 온 힘을 다할 만큼 그를 사랑하고 있지 않는 나를 발견해서였다. 나를 덜 보여주고 있는 내가 예뻐 보이지 않았다. 지금은 연애할 때가 아닌 것을 안 거다.

더 이상 뜨겁지 않고 더 이상 온 힘을 다하고 싶지 않다면 그 일을 잠깐 멈춰야 한다. 물론, 이미 내게 의뢰가 들어온 일이라거나 시작된 사랑은 내 감정에 따라 전원을 켰다 끌 수 없으니 그런 거 말고. 한 사람에서 다른 한 사람에게 사랑이 넘어가는 시기라든지, 한 작품에서 다음 작품으로 넘어가는 시기 같이 시작과 끝의 경계가 명확한 것들 앞에서 말이다.

이번 삶은 한 번뿐이니 무얼 하든 대충은 하기 싫다. 잘할 수 있을 때, 그 일을 책임질 수 있을 때 뛰어들고 싶다. 모든 준비가 되었을 때는 상처받지 않았던 것처럼 온 마음을 다해보고 싶다.

내가 모르는 곳에서 나와 닮은 어떤 사람이 이런 생각으로 살아가고 있기를 바란다. 이름도 얼굴도 모르는 나를 기다리며 사랑의 가치를 지켜내고 있어 주었으면 좋겠다. 너무나 묵묵히 살아오느라 우리 아직 한 번도 마주친 적 없을 수도 있겠다는 생각도 해 본다. 그리고 이건 꼭 사랑 얘기만은 아니다.

러너스 하이

러닝이라는 새로운 취미를 시작한 친구가 '러너스 하이'를 경험했다길래 그게 무엇이냐고 물어봤다. 자세히는 모르지만 일정 시간 뛰다 보면 하나도 힘들지 않은 시기가 온단다. 아니 어떻게 오래 달린다고 힘든 게 사라져? 나는 의심의 눈길을 보낸다.

일부 연구 결과로 증명이 되었다는 말도 있고, 심리적 측면이 크다는 얘기도 있다. 그러나 우리는 친구이기 때문에 '착각'이라는 말에 더 꽂힌다. 걔는 웃는다. 착각이었나? 코를 쓱쓱 비비며.

몇 달이 지나고 나에게도 러닝이라는 취미가 생겼다. 처음 시작한 날 5km를 달렸는데 생각보다 할 만한 거다. 성취감이 크길래 그 후로 혼자도 여러 번 뛰어 봤고 친한 언니 동네에 가서 함께 뛰기도 했다. 페이스가 좋아지는 게 느껴지고부터는 거리도 늘려 봤다. 6km, 7km, 8.5km….

어느 날엔 12km를 쉬지 않고 달렸다. 내 인생에서 가장 오래 달린 날이 아닐까 싶다. 하루가 내 마음대로 풀리지 않아서. 그날 내 의지대로 할 수 있던 것은 달리기뿐이어서. 상념을 떨쳐내려 한강의 물결을 바라보며 나아갔다. 여느 때처럼 3-4km까지는 좀 포기하고 싶었지만, 곧 이상한 기분을 느꼈다. '더 할 수 있을 것 같아.'

12.2km.

달리기가 끝나고 집에 돌아오니 몸이 좀 아팠다. 그러나 마음은 아프지 않았다. 하루를 어지럽게 하던 고민이 아무것도 아니게 느껴졌다.

친구야, 친구야, 네 말이 맞는 거 같아.

장거리를 달리면 체내 진통 물질의 생산량이 증가한다. 이때 감정에 중요한 역할을 하는 전두엽과

변연계가 영향을 받는단다. 뇌 속에서 엔도르핀이 많이 만들어지니 그가 주는 쾌감 덕에 고통이 줄어든다는 거다. 그 순간이 오면 내가 전혀 지치지 않을 것만 같고 더 잘 해내고 싶단 의욕이 불타오른다.

오래 달려도 지치지 않을 것 같은 상태. 아픔이 더 이상 아픔처럼 느껴지지 않는 상태. 몸이 죽을 것 같은 상태를 벗어나게 해 주는 체내의 발악.

어떤 식으로든 내 편은 존재하는 걸까? 달리기하다 죽을 것 같으면 몸속의 물질이 알아서 고통을 마비시켜 준다니. 극한의 고통을 느낄 일이 많이 없으면 좋겠지만 그런 순간이 올 때 날 돕는 존재가 있다는 사실에 견딜 힘이 생긴다. 그 능력은 신기하기도 무섭기도 했다.

어쩌면 나는 인생의 러너스 하이를 지나고 있는 게 아닐까. 한없이 나약했던 내가 거의 슬프지 않다. 누가 나를 싫어해도 일렁임이 없다. 사는 게 재미없어도 이유가 있겠지 하며 깊게 빠지지 않는다. 일이 잘되지 않아도 좌절하지 않는다. 실패 덕에 독해진다. 그래. 많이 아파보면 그리 무너질 일도 아니라는 것을 깨닫게 된다.

러너스 하이가 사실이든 아니든 나는 그 효과를 믿는다. 러닝을 할 때든 인생을 살아가면서든 경험해 봤으니까. 무언가를 욕심내 봤고, 하다 지쳐 봤고, 어느 시점에서는 미친 사람처럼 더 나아가 봤고, 고통보다 기쁨이 커 봤다. 달리기가 끝난 후에 웃는 나를 봤다.

믿을 거리가 있다는 건 인간에게 꽤 큰 힘을 준다.
버틸 수 있겠다는 마음은 정말 나를 버틸 수 있게 한다.
그러니 사는 게 벅찰 때마다 그 순간이 오기를.
내가 아픔마저도 즐길 수 있게.

가슴이 아플 땐 달리기로 마음을 먹는다.

시간과 나의 합작

뭐 때문에 그렇게 아팠더라.

선명한 일도 있지만 잊힌 게 더 많다. 그렇게 밉던 전 연인도, 받아들일 수 없던 불합격 소식도, 사랑하는 이들에게 들은 아픈 말도 좀 흐려졌다.

시간이 해결해 준다는 말이 있다. 나는 그 뜻의 반은 믿고 반은 불신한다. 시간과 내가 함께 달려야 이루어지는 일이기 때문이다. 나는 한 번도 시간을 허투루 보낸 적이 없기 때문이다. 슬픔에 직면했기 때문이다. 충분히 그리워했기 때문이다. 기어코 몸을 일으켜 할 일을 끝마쳤기 때문이다. 반성했기 때문이다. 그렇게, 그렇게 시간 안에서 아등바등 노력했기 때문이다.

아프겠지만 지나간다. 억울하겠지만 어쩔 수 없을 때도 온다. 묻어두고 잘 살아야지. 어쩌다 떠오르는 날이면 더 멋지게 살아야지. 미운 말 삼키고 그대로 나아가야지. 나를 위해서. 나는 내가 소중해서.

이상한 용기

때때로 친구들은 의문을 품는다. 진짜 나의 모습에 대해서 말이다. 춤을 추고 노래를 부르다가 바깥에 나가면 조용해지니까. 그러다 신이 나면 폴짝폴짝 뛰며 애교를 부리니까. 하지만 혼자서 어딜 다닐 땐 지독한 수줍음 쟁이니까. 주목받는 것을 그렇게 좋아하면서도 버스 하차 벨을 누르는 게 부끄러워서 원하는 정류장에서 내린 적이 많이 없을 정도로 소심하니까.

넌 정말 알다가도 모르겠다는 친구에게 살짝 미소 지어 보인다. 그러게. 나도 나를 모르겠다.

강릉에 갔을 때의 일이다. 바다 앞에서 사진을 찍는 사람이 가득했다. 일행과 나는 천천히 해변을 거닐며 사람들을 구경했다. 서로를 찍어주는 연인이 눈에 들어온다. 삼각대를 가져오지 않아서 가방에 핸드폰을 기대어 두는 두 사람. 도와드린다고 말할까, 그냥 지나갈까. 고민하다 보니 어느새 멀어져 있다.

몇 발짝 옮기니 바다 앞 그네에 중년 부부가 계신다. 고민 없이 다가간다. 눈이 마주칠 때까지 생글생글 지켜보고 있으면 나를 쳐다봐 주신다.

"제가 찍어드리고 싶어요!"

서로를 마주 보며 따뜻한 웃음 지으시는 두 분의 깊은 사랑을 나는 잊을 자신이 없다.

봄꽃이 예쁘게 피었다길래 친구와 창덕궁에 갔다. 카메라를 들고 온 할아버지 사진 작가님이 눈에 띈다. 졸졸 따라간다. '제가 찍어 드려도 될까요? 정말 예쁜 장소를 발견했어요!' 어쩌면 늘 눈앞에 보이는 것들을 담느라 당신 모습이 없을 것 같아서 여느 때보다 열심히 카메라에 담아 본다.

"예쁘게 나왔죠?"

"어유…. 그러네, 정말 고마워요. 평생 남을 찍어 주기만 했지 내 사진이 하나도 없었는데…."

행복하세요, 어르신. 그 해사한 웃음을 기억할게요.

약속이 있어서 버스를 기다리는데 어머님 한 분이 길을 헤매고 계셨다. 망설이지 않고 건너편으로 달려갔다. '무슨 일이세요?' 따님을 보러 가는 길인데 갑자기 눈이 잘 안 보이신다고. 가야 할 곳을 여쭤보니 내 목적지와 반대 방향이다. 고민 없이 친구에게 문자를 남기고 어머님을 따라 버스에 올라탔다. 그날 서로를 마주 보며 나눈 대화가 어찌나 좋던지. 요즘은 몸이 좀 괜찮으시기를.

"독특한 캐릭터야. 어쩔 땐 왕소심이 같은데 이럴 땐 절대 아니고."

친구의 말대로 난 밖에서 나서는 성격이 못 된다. 누군가의 눈에 띄는 것을 별로 안 좋아해서. 어딘가를 혼자 갈 땐 바닥이나 먼 곳만 바라보며 걸을 정도로 존재감 없이 지내고 싶어 한다. 그러면서도 누군가가 나를 늘 관심 있게 지켜봐 주기를 바란다. 불의의 상황에선 발 벗고 나서지만, 보통은 부끄러움이 앞서 가만히 있기를 택한다.

그런 내가 누군가를 돕거나 아름다운 상황에 나서서 어떻게 무언가를 할 수 있냐고 묻는다면 대답은 하나이다. 엄마아빠가 생각나서.

어릴 적 엄마가 장을 보러 갈 때 따라 나가는 것을 좋아했다. 그러다 보면 아주 드물게 불친절한 직원이 있다. 바빠서일까, 우리 엄마가 답답해서일까? 괜히 툭툭 말하는 듯한 알바생이 미웠지만 나는 아무것도 할 수가 없다. 그 직원을 째려보는 것밖에는. 그럴 때마다 생각했다. 절대 저런 모습을 보이지 말아야지.

중학생 때, 공부를 하러 집 근처 카페에 갔다. '저리 비켜 보세요.'라는 소리가 들렸다. 직원 한 명이 입구에서 두리번두리번 무언가를 찾고 계시는 어르신을 밀어내고 들어온다. 순간 몹시 불쾌했지만 결제할 때 카드를 한 손으로 건네는 소심한 복수밖에 할 수가 없었다. 그때 나는 너무 어렸고 체구도 작아서 어떤 말을 해도 이길 수 없었을 테니까. 다시 한

번 다짐했다. 절대 저런 모습을 보이지 말아야지.

그리고 이제 나는 그런 상황에서 싸울 수 있는 깡을 가진 사람이 됐다.

어른들 앞에서만 올라오는 용기가 있다. 이상하게 지켜야 한다는 책임감이 든다. 그게 꼭 나의 부모님이 아니더라도. 바깥에서 마주하는 어른은 모두 나의 부모님이라 생각하며 지내고 있다. 내가 사랑하는 사람이 어려움을 겪고 있을 때도 누군가가 이렇게 도와주면 좋겠기에. 엄마아빠가 사진 찍고 있을 때 '두 분 제가 찍어 드리고 싶어요.' 말해주며 예쁜 사진 남겨주시면 좋겠기에. 우리 엄마 길 헤맬 때 예쁜 말씨로 알려줄 수 있는 사람이 나타나면 좋겠기에. 사랑이 돌고 돌기를 바라면서.

누군가는 아무리 뒤에서 노력해 봤자 세상은 달라지지 않는다는 얘길 할 것이다. 인간은 고작 우주의 먼지다 뭐다 하며 이런 노력이 불필요하다는 얘기로 힘을 뺄 수도 있다. 떠올리는 것만으로 피곤해지는 부정적 시선들.

나는 그럼에도 기대를 걸어보고 싶다.

그래도 언젠가는. 언젠가는. 하는 마음으로. 약간의 희망을 품어도 보며.

계속해서 용감하고 싶다.

그땐 그랬지

의지와 관계없이 어떤 일을 중단하다 보면 어쩔 수 없는 아쉬움이 남는다. 그런 사건은 사람을 과거에 머무르게 만든다. '그땐 그랬지.'라는 말과 함께.

언제든 준비가 되면 찾아가고 싶은 몇 개의 그리움이 있다. 덜 해봤기 때문에. 받아들일 수 없는 끝이었기 때문에. 여기에서 말하는 끝은 사건의 끝이지 감정의 끝은 아니다. 마음만으로는 한 번에 보내줄 수 없는 일이 있다.

그러니 내 생각에 이별에는 적어도 2차의 과정이 필요하다. 포기한다는 것이 단념하겠다는 말은 아닌 적이 많다.

그 일을 떠올리며 덤덤하게 말할 수 있을 때, 몇 가지 가정을 붙이지 않고도 충분히 설명할 수 있을 때, 마음이 욱신거리는 느낌이 없을 때 정말 끝을 냈다고 할 수 있을 것이다. 그런 날에야 비소로 진짜 끝이 났다고 말할 수 있을 것이다.

기분 좋은 초라함

좋은 사람이 있다는 말에도 절대 소개를 받지 않는다. 뭐든 자연스러운 게 좋다. 이는 연애 목적의 관계뿐 아니라 모든 범위에 적용된다. 친구든 업무 관계이든 어쩌다 알게 되는 것이 좋다. 중개 없이 내 발이 닿는 곳에서 만난 사람이라면 특별하게 여겨진다. 애초에 만날 인연인 것만 같아서다.

"내가 아는 동생이랑 한번 술 마실래?"

나의 이런 면을 잘 아는 언니는 조심스레 제안했다. 나와 생각, 말의 방향이 비슷한 친구가 있는데 순수하게 같이 만나 대화를 해 보면 좋을 것 같다고.

그 아이와 얘기할 땐 내 생각이 나고 나와 대화할 땐 그 아이가 떠오른다고 했다. 그날은 이상하게 나가고 싶었다.

삼겹살에 소주 한잔하던 자리는 새벽 네 시까지 이어졌다. 주제는 대충 이런 것들이었다.

'부끄러워할 줄 아는 게 인간이다.', '이런 문화의 유행에 대해 어떻게 생각하냐?', '최근에 뉴스에서 봤는데 그 연구의 결과가 이랬다더라.', '요즘 읽는 책에 이런 말이 나오는데….'

이십 대 청년들끼리의 편한 술자리에서 나오기 어려운 이야기가 아닐까? 의견이 다른 부분에도 '틀렸다.'라고 말하지 않는다. 그저 첨언하고, 옳다면 상대는 바로 인정한다. 맞아. 이게 내가 바라던 대화였지.

헤어지자마자 그 애의 SNS에 들어가 팔로우 버튼을 눌렀다. 올라온 스토리를 하나씩 넘겨 본다. 나를 만나기 전에 책을 읽다 온 것 같았다. 마음에 드는 구절에 밑줄을 긋고 메모를 하는 나의 습관이 그대로 있었다. 너도 책을 많이 읽는구나. 그보다, 책을 그냥 읽지 않는구나. 게다가 분야가 철학이라니. 내게 없는 취미를 가지고 있으니 더 반가웠다. 우리는 그 후로도 종종 메시지를 주고받으며 대화를 나눈다.

그 아이가 해준 말이 기억난다.

우물 안에 있었다는 느낌을 받을 때 기쁘거든?

세상에 여전히 열심히 살아가는 사람들이 있다는 것을 실감할 때의 기쁨.

너를 보며 그런 것을 느꼈어. 진심이야.

올해 봄 친한 언니와 밥을 먹을 때의 일이다. 비슷한 친구와 편한 대화를 하는 게 좋던 예전과 다르게, 나보다 많은 것을 알고 있는 사람들과 함께하고 싶다고 말했다. '언니랑 얘기하면 내가 작은 사람이 된 것 같아. 그런데 나는 그 기분이 좋아. 아직 내가 모르는 정설이 많구나…. 더 알려 줘. 더 지적해 줘.' 내가 아직도 부족하다는 것을 실감할 때의 짜릿함.

늘 그런 감정을 갈망하며 일종의 뮤즈를 찾아 헤매고 있던 시기에, 누군가가 날 보며 이런 생각을 했다는 사실에 기뻤다. 나는 내가 조금 고리타분한 사람인 것 같아서 자꾸만 덜 진지해지려고 노력하며 살아왔다. 그런 나를, 너는 알아봐 주는구나. 광활한 땅에서 나와 닮은 사람을 찾을 때의 기분은 말로 형용할 수 없다.

어떤 사람과 밥을 먹고 어떤 사람과 술을 마시는지에 따라 내가 달라진다. 똑같은 양의 시간을 보내도 집에 돌아올 때 머릿속을 채우는 생각이 다르다. 굳이 깊지 않은 얘기로도 충분히 즐겁지만 깊은 얘기가 오가면 훨씬 좋다. 단순한 행복을 넘어서 전율이 온 듯 몸이 찌릿찌릿하다.

그간 나는 나의 무지함을 들키는 것에 대한 두려움이 있었다. 모르는 게 있으면 안 될 것 같고 어딜 가든 남들이 아는 내용은 꿰뚫고 있어야 할 것만 같았다. 하지만 내가 가장 빠르게 성장하는 순간은 늘 무언가를 인정하고 배우려고 했을 때다.

내가 본 천재들은, 내가 본 노력형 인간들은 마음속 오답 노트가 하나씩 있었다. 모르는 부분을 숨기지 않는다. 기꺼이 들키고 싶어 한다. 다시 알려줄 수 있어? 할 때의 부끄러움 없는 눈망울. 나는 그 눈을 사랑했다. 이제는 내가 어떤 사람을 원하는지 알 것 같다.

부끄럽고 초라하게 느껴지는 순간마저 행복하다. 이제껏 고민한 적 없는 주제에 대한 깊은 지식을 들으며 반성해 보고 싶다. 저렇게 많은 것을 알고도 여전히 공부하려 하는 반듯한 자세를 사랑하고 싶다. 같은 것을 보고도 세밀한 부분까지 눈치채는 저 통찰력에 질투를 느껴 보고 싶고, 적은 식견으로 안주하던 지난날을 반성하며 한없이 초라해져 보고도 싶다. 그런 사람은 분명 존재한다.

또 만나자. 너랑 하는 대화가 나는 좋다.

언젠가는

어차피 시들어버리는 거 뭐 하러 선물하냐며 꽃 선물에 대한 의견을 던지는 지인을 가만히 바라본다. 그래서 더 특별하던데.

가장 예쁠 때 와서 나의 공간 한편을 채우고, 나와 매일 인사하고, 내 집이 되다가, 서서히 시들다니. 나는 꽃의 그런 늙음이 좋다.

아무리 사랑하는 가족과도 평생을 함께할 수 없는 것. 사랑은 한 번 빼고는 다 이별이고 뿌리가 잘린 꽃은 살아있는 그대로 생명을 유지할 수 없다는 것이, 슬프면서도 아름답다.

모든 것이 영원하기만 하다면 어땠을까?

끝이 있다는 것을 알기에 이토록 애틋할 수 있는 것일지 모른다.

식물이 내게 가르쳐 준 것들

눈여겨보던 꽃집이 있다. 언젠가 나만의 공간이 예쁘게 완성되면 들이겠다 마음먹은 화분이 있는 곳이다.

작업실 공사 막바지였다. 딸기 화분 분양 예약이 시작됐다는 말에 바로 신청했다. 드디어 이날이 오는구나. 금방 받을 방법이 많았지만, 하루 이틀 늦게 보더라도 직접 받고 싶은 맘에 픽업하기로 했다. 문래역 출발 - 합정역 환승 - 망원역 도착. 정원같이 꾸며진 화분 가게로 가는 걸음걸음이 너무 상쾌하다.

들어가 이름을 말씀드리니 날 위해 만들었다는

작은 꽃다발과 함께 주문한 화분을 건네주신다. 사장님의 마음이 너무 예뻐서 나도 환하게 응답했다.
'감사합니다!'

두 팔로 끌어안고 작업실에 돌아왔다. 혹시 상처라도 날까 봐 아주 조심조심 걸었다. 그 화분은 내가 너무 사랑해서, 가장 자주 있던 테이블에 놓여 있다가, 수업 오픈 후엔 8인 테이블로 갔다가, 작업 기간엔 작업 테이블로 옮겨졌다. 언제나 내 눈에 가장 먼저 들어오는 곳으로. 작업실에 누군가가 놀러 올 때마다 손을 잡고 그 앞으로 데려갔다. 예쁘냐고 물어보면 다들 나랑 너무 잘 어울린다고. 그럴 때마다 뿌듯했다.

성수동에는 유명한 식물 가게가 많다. 친구의 차를 타고 가서 3~4시간 고민한 끝에 화분 두 개를 데리고 왔다. 아스파라거스 나누스와 아랄리아. 7~10일에 한 번 물을 주면 되고 간접광으로 잘 자라니 그리 까다롭지 않은 것이 선택에 결정적인 이유가 됐다. 죽이지 말고 잘 기르라는 친구의 잔소리에 각오가 남다르니 신경 끄라는 대답을 했다. 왠지 기를 수 있을 것 같아. 아니 정말…. 그랬는데.

딸기 화분은 어제 다 비워냈다. 정확히 말하면 가져온 지 딱 2주까지만 물을 줬고 그 후로는 기억이 안 난다. 살릴 수 있지 않을까 하는 맘에 한 달은 더 두었지만 물을 주고 햇볕을 쬐어주어도 살아날 기색이 안 보였다. 딸기야 안녕.

아스파라거스는 물만 잘 줬지, 장소 선택을 잘못 했다. 햇빛을 직접 보면 안 되는 식물인데 꼭 작업공간에 둬야겠다며 고집을 부리다 절반 이상이 타버린 거다. 다행히 아랄리아는 아직 괜찮지만 아랄리아는 셋 중 나의 기대가 가장 적었던 화분이다.

늘 감당할 수 있는 선에서 벌여야 한다. 친구를 사귀는 것도, 일을 시작하는 것도 말이다. 잘 돌볼 자신도 없으면서 수집하는 건 이기심이다. 그런데 가끔 난 그게 잘 안됐던 것 같다. 하고 싶은 게 생기면 일단 갖고 봤다. 나와 상대방 둘 다에게 어떤 결과를 초래할지 예상해 보기도 전에 뛰어든다. 그 덕에 비극을 맞이하는 일이 전에도 종종 있었다.

물론 안 좋은 결과를 얻을 거라는 걸 알고 시작한 것은 아니다. 그러니 처음부터 그것을 망치려는 의도는 없었다. 그래도 걔네가 나에게 옴으로써 좋은 결말을 맞을 수 없게 됐으니 내 잘못이 맞다.

잘할 수 있는 일도 아니면서 빼앗기기 싫다는 이유로 욕심냈던 경진대회 발표날이 생각난다. 다른 사람이 해낼 것을 지켜보기가 힘들어서 내 전문도 아닌 일을 고집했다가 부담감에 몸과 마음이 아팠던 적이 있다.

마음이 없는 상태에서 시작했던 사랑도 그랬다. 사실 이별하는 날까지도 그 사람을 사랑하지 않았다. 헤어질 이유를 찾고, 마음을 가두고, 덜 보여주고, 덜 만나며 비겁하게 아쉬운 척이나 했던 것 같다. '우리 다시 노력해 볼까?'라는 진심도 아닌 말을 던지며 책임을 떠넘긴 마지막 날도 기억난다.

딸기 화분을 정리한 후로는 새로운 애들을 들이지 않고 있다. 잘 자라준 아랄리아와 부쩍 숱이 적어진 아스파라거스만 정성을 들여 가꾼다. 상해가는 부분은 없는지 흙이 너무 마르지는 않았는지 공기가 탁하지는 않은지, 화분에 먼지는 안 쌓였는지 피곤할 만큼 열심히 확인한다. 다행히 한 달째 잘 지내주고 있다.

이것들을 책임질 수 있을 때가 되면 열흘에 한 번 물을 줘야 하는 화분을 들일 것이다. 그것을 아주 오래 잘 키우게 된다면 그땐 5~7일에 한 번씩 물을 줘야 하는 화분도 들일 것이다. 줘야 할 양의 햇빛을 줄 것이고 줘야 할 만큼의 물을 줄 것이며 자주 관찰할 것이다. 그리고 걔네를 모두 들이고도 잘 키워낼 수 있을 때, 그때 다시 딸기 화분을 들여보고 싶다. 어떤 대상을 사랑한다고 말하면서도 꾸준히 방치했던 나의 지난날을 반성하면서. 한 번 더 내 책임을 다해보려 한다.

꽃이 피었다 지고 열매가 맺히는 날이 오면, 그 딸기가 아주 예쁘게 잘 익으면, 알아듣지도 못할 화분을 앞에 두고 얘기하고 싶다.

'내가 예전에 널 한번 데려왔거든. 그런데 잘 보살피지 못했어. 그땐 그냥 예뻐서 욕심을 부린 거지.

남들이 듣기에 조금 웃길지 모르는데…. 이번에 난 모든 걸 걸고 너를 지켜냈어. 반가워.'

놓아 주기

나는 쟤가 안 미운데 왜 쟤는 나를 자꾸 따돌리지? 싶을 때마다 세상이 무너질 것처럼 슬펐다. 심지어 그 애에게 잘 보이겠다고 '혹시 내가 뭐 잘못한 게 있을까? 고칠게.' 하며 소심하게 굴었던 기억도 난다.

아무리 애써도 누군가는 나를 싫어했고, 아무리 설명해도 나를 오해하는 사람은 있었다. 이런 상황이 너무 많으니 놓아주는 게 조금씩 쉬워진다. 깊이 사랑하게 된 사람들은 여전히 무한 용서하고 있지만 적당한 거리의 사람에겐 감정조절이 가능하다.

나를 싫어하는 사람의 마음을 돌려 보겠다고 노력하던 날들이 있다. 잘 지내고 싶어서. 오해를 풀어주고 싶어서. 그러나 마음은 언제나 잡으려 할수록 멀어졌다. 예뻐 보이려 할수록 나는 매력 없어 보였다. 손에 힘을 풀고 몇 걸음 뒤로 물러나니 알 것 같다. 굳이 모든 사람에게 잘 보일 필요는 없다는 것을. 내게 무례한 이들과의 관계에서 나의 역할은 없다는 것을 인정해야 한다. 슬퍼도 기꺼이 보내줘야 한다. 좋은 사람들만 사랑하기에도 인생이 짧다.

담백한 위로

한때는 모든 것을 알고 싶어하는 것이 사랑이라 생각했다. 많이 공감할수록 좋은 위로인 것만 같은 거다. 같은 편이 되면 함께 맞서 싸워줘야 한다는 생각이 컸고 답답한 마음을 당장 해소해 줘야 한다는 책임감에 사로잡혀 있었다. 그러나 억지스러운 것들은 티가 나기 마련이다. 때때로 나의 노력은 부자연스러웠고 그렇기에 금방 들통났다.

나는 비언어적 요소에서 크게 애정을 느낀다. 네 편이야, 네 편이야 자꾸만 얘기해주는 것도 감사하지만 행동 하나에 확실한 감동을 한다. 힘이 들 때 곁을 오래 지켜준다거나 내가 울 때 안아주는 거, 내 말을 의심하지 않는다거나 얘기하는 동안 눈을 떼지 않고 바라봐 주는 것이 반갑다. 그 정도의 사랑이라면 대단한 말 없이도 온 마음이 달래진다.

위로에 겉멋을 담지 않게 됐다. 먼저 꺼내 보이는 만큼만 충분히 들어주는 것, 따뜻한 눈빛으로 그를 계속 바라봐 주는 것, 하고 싶은 말이 있어도 참을 수 있는 것, 마음에 없는 위로는 애써 하지 않는 것이 좋다.

'더웠겠다.', '뜨거울 것 같아.'라는 알맹이 없는 말을 늘어놓기보단 '이쪽에 앉아. 여기가 그늘이야.'라며 자리를 마련해주는 것이 좋다. 말없이 손부채질을 해준다거나.

화려한 언변보다는 따뜻한 눈빛과 몸짓을 가진 사람. 이런 상황에서는 말수가 적어지는 사람. 그러나 절대 혼자 두지는 않는 사람. 이상하리만큼 밋밋하고 진지한 사람. 나에겐 그게 더 진심 같다.

그저 그렇지 않은 일상

서랍을 열어보니 전에 쓰던 핸드폰이 있다. 버린 줄 알았는데 괜히 반갑고 더 소중하게 느껴진다. 충전하고 켜 보니 배경 화면에 익숙하고도 낯선 얼굴이 뜬다. 전에 만난 사람 중 한 명이다. 초기화를 안 시켰구나.

혹시나 하는 마음에 앨범 앱을 눌러 본다. 핸드폰을 바꾸기 전 그 사람과 남긴 모든 사진과 영상이 남아 있다. 맞아. 우리 그때 이렇게 서로를 많이 사랑했지? 시큰하다. 그날 이후로 문득문득 떠올랐다.

며칠 전에 찾을 내용이 있어 메모장에 들어갔다가, 이런 내용을 발견했다.

[혹시 시간이 많이 흐르게 된다고 하더라도 이 기억만은 절대 미화하지 마. 이 연애 너무 괴롭다.]

그래. 그 시기 나는 분명 힘들었다. 자세히 말할 수 없는 일이지만 그때의 나는 분명 힘들었다. 메모를 보자마자 시큰하던 마음이 식었다.

그걸 발견하지 않았다면 난 참지 못하고 그 애에게 연락한다거나 SNS에 들어가 근황을 구경하는 일을 저질렀을지 모르겠다. 지금까지도 사진과 영상을 찾아보며 '참 좋았는데.' 라는 생각을 했을지 모르고.

대학에 다닐 때 가족처럼 붙어 다니던 친구가 있다. 우린 닮은 점은 너무 닮았고 다른 점은 너무 달랐다. 그러니 서로의 단점을 발견하는 날엔 그렇게 미워 보일 수가 없다. 그 감정이 최대치를 찍은 어느 날이었다. 잘 풀고 계속 가야 할지 서로 스트레스받기 전에 각자의 길을 가는 것이 맞을지 고민이 됐다. 아무래도 난 걔가 버거웠다.

전할 말을 써 내려갔다. 한참을 수정해도 말이 정리되지 않는다. 그만 보자 하고 싶은데. 그렇게 몇 시간을 채팅방에 머무르다가 의미 없이 스크롤을 위로 올려 본다. 우리가 그동안 주고받은 대화로 빼곡했다. 천천히 읽어 보다 2년 전 겨울 그 친구가 남긴 장문의 메시지가 눈에 들어왔다.

[야. 우리 매일 투덕거리지만 그래도 나는 네 편이야, 힘들면 얘기해 알겠지? 멀어지지 말자.]

툴툴거려도, 안 맞는 적이 많아도 얘랑 나는 서로를 잘 알고 있다. 함께 먹은 밥도 수백 끼는 되며 서로의 모든 이야기를 외우고 있다. 마주 보며 날카로운 말을 뱉다가도 다른 사람 때문에 힘들어하고 있을 땐 누르락붉으락 화를 내주는 그런 사이. 오늘 크게 싸워도 내게 사고가 생긴다면 모든 일 제치고 달려올 거란 확신이 있는 그런 사이.

그 소중한 순간을 잃고 잠시 친구를 미워했다. 네가 준 사랑에 비하면 별것도 아닌 서운함인데…. 적어두지 않았다면 큰일 날 뻔했다.

글쓰기 수업 때 가장 먼저 시키는 일은 일상 메모이다. 수업이 끝나고 다시 만나는 날까지 내가 보고 들은 것을 모조리 메모하는 과제이다. 퇴근길 지하철에서 보는 사람들에 대해 적어도 좋고 가족과 함께하는 저녁 식사 자리에서 들은 얘기도 좋다. 남자 친구와 밤에 나눈 통화 내용, 잠에 들기 전 혼자 했던 상상, 그날의 날씨를 적어도 된다. 제약 없이 나의 일주일을 원하는 만큼 담으면 된다.

다들 처음 1~2주는 자신의 메모를 공유하는 것을 부끄러워한다. 이런 내용을 말해도 되나요? 한 줄만 적었는데 괜찮을까요? 라는 말을 하며 흘끔흘끔 눈치를 본다. 그러나 다른 사람의 메모를 듣고 몇 번 끄덕여 보고 자신의 메모를 누군가가 궁금해한다는 것을 느끼는 순간부터 분위기는 전환된다. 실제로 수강생들이 가장 크게 재미를 붙이는 것이 바로 이 일상 메모이다.

"그저 그런 일상이 아니었다는 것을 깨달았어요."

아무래도 글쓰기 수업이라고 하면 감성적인 수강생이 많을 거라고 예상한다. 그러나 내 수업엔 자신을 알고 싶지만 돌아볼 기회가 없어서, 방법을 몰라서 듣는 사람이 훨씬 많다. 감정 표현을 거의 안 하며 살아온 사람들. 그들이 하나같이 하는 이야기는 바로 이거다. '해야 할 일, 사야 할 것만 메모하던 제가 일기를 쓰고 있네요.', '이제야 제가 어떤 사람인지 조금 알 것 같아요.', '생각보다 저를 사랑해 주는 사람이 많다는 것을 깨달았어요.' 기록하며 숨은 사랑을 알게 됐다고 한다.

이런 것까지 메모해야 하나 싶을 수도 있다. 자신의 감정을 직면하는 것이 낯설 테니까. 그러나 언젠가 메모를 찬찬히 읽어 보면, 그날의 감정이 생생히 묻어있는 것에 맘이 이상할 것이다. 지난 일을 읽으며 울컥해 봤거나, 억울해 봤거나, 행복해 봤다면 그때부턴 기록이 재밌어질지도 모르겠다.

메모장은 꼭 약하고 소중한, 그래서 바스러지기 쉬운 내 감정을 담아두는 <마음 은행> 같다.

바쁘다는 핑계로 얼마나 많은 장면을 놓치고 사는지. 어쩌면 수백 번도 넘게 고민하다 뱉었을 좋은 말을 나는 그냥 지나간 버린 적이 없는지 생각해 본다. 기록했기에 느낄 수 있던 사랑과 기록했기에 잊지 않을 수 있던 아픈 손가락들을 떠올리니 뭉클해진다.

오늘도 소중한 것을 잘 지켜내기 위해서 메모한다.

사랑은 좁고 깊게

주변에 사람을 많이 두는 것을 좋아하지 않는다. 알고 지내는 사람이 늘어도 선은 확실하다. 에너지가 한정적인 것도 이유가 되겠지만 그보다 큰 것은 가까운 사람들에게 유일성을 부여해 주고 싶은 마음이다. 누군가에게 특별한 존재가 되었다는 사실은 자신의 하루를 들뜨게 한다.

좋아하던 가수가 유명해지면 보내줄 준비를 한다. 졸업생을 떠나보내는 교장선생님의 심정으로. 종종 노랠 찾아 듣겠다는 마음속으로의 약속을 한 후 크게 크게 손을 흔든다. 멀리 잘 갈 수 있도록. 잘 가! 더 많은 사랑을 받으렴. 나는 다른 사람을 찾아볼래.

카카오톡을 주고받은 캡처본을 올리면 사람들이 몰려들어 정보를 물어본다. 어렵지 않은 답변이니 알려드린다. 내게 질문한 사람들이 한 번씩은 그 테마를 적용해 봤다면 적어도 300명은 될 것이다. 음…. 뿌듯하지만 이제 나는 다른 테마를 찾아볼래.

아끼는 친구가 있었다. 본가에 내려갈 때마다 그 애를 만났다. 10년이 되는 시간 동안 매일 일상을 공유하고 함께 여행도 다닐 정도로 가까운 사이였다. 그러나 대화하다 보면 기분이 묘해질 때가 있었다. '나 제일 친한 친구가~', '나 그다음으로 친한 친구가~'….

적어도 순서는 매기지 말지. 슬픈 일, 좋은 일이 생길 때 가장 먼저 소식을 전하는 친구가 너였던 나에게는 그 말이 섭섭하게 느껴졌다. 가장 가까운 사람이 되게 해달라 조를 생각은 없지만 너에겐 친구 순위라는 게 따로 있구나.

네게 좋은 일이 생길 때 나를 몇 번째로 찾아줄까?

나는 너와 함께 보내는 시간이 좋지만 내가 그 사람에게 그렇게 필요하고 소중한 존재라는 느낌을 못 받겠어서 무기력해진다.

소중한 사람이 되고 싶다. 조금 유치해 보일지라도, 이 고집을 포기 못 하겠다. 넓은 세상 많고 많은 사람 중에서도 내가 필요하다는 이들에게 조금 더 마음이 간다. 나의 어떤 점을 구체적으로 사랑하는 사람들로만 삶을 채워나가고 싶다.

그래서, 좋아하면 설명이 길어진다. '내가 너를 특별하게 여기고 있어.'라는 마음을 자꾸만 전하고 싶어서. 말하지 않으면 모를 수 있으니까. 지구에서 너뿐이라는 얘기가 해 주고 싶다. 오해할 일 없게 하고 의문을 가질 일이 없게 하고 싶다. 충분히 설명하는 사람, 투명한 사람이 좋다고 말하고 다니는 것도 이제는 습관이 됐다. 받고 싶은 사랑을 남에게 건네고 있나 보다.

없으면 안 되는 존재. 시간이 흘러 당신에게 더 좋은 것이 온대도 나와는 절대 바꿀 생각이 없다고 자신 있게 대답할 수 있을 정도로 대체 불가능한 사람.

백 명에게 좋은 사람이 되기보다 한 사람에게 특별한 사람이 되고 싶은 마음이다.

*
*
*

2
장

갑자기 생각나서 연락했어

괜찮은 도박

사람들은 대부분 너를 힘들게 하면서까지 지킬 것이 없다고 조언하지만 나는 조금 다르다. 마음이 버틸 수 없을 때까지 무언가를 품어보는 것도 괜찮은 방법인 것 같다. 맞든 틀리든 내가 겪어 봐야 깨달을 테니까. 이게 어린 생각이라면 나는 아직 어린가 보다. 아직은 가진 마음을 다하고 싶다. 해 보고 실패하고 해 보고 아파하고 싶다.

정류장

남이 울면 따라 운다. 드라마나 영화를 봐도 금세 몰입해 오열한다. 슬픈 상상만으로 1초 만에 눈물을 흘리는 재능도 있었다. 화가 나도 주르륵 감동하여도 주르륵 조금만 속이 상해도 눈물이 주르륵. 잘 우는 내가 싫었던 적은 한 번도 없다. 감정을 풍부하게 느낄 수 있다는 것이 꼭 축복 같아서.

며칠 전 친구와 드라마를 보는 중이었다. 입에 음료가 튀어서 닦고 있는데 그 애가 안쓰러운 눈빛으로 나를 본다. 울지 말라는 말과 함께. 나는 의아한 표정을 지으며 '음료가 튄 건데?'라고 대답한 후 입가의 물기를 마저 없앤다.

몇 분 후, 친구는 너무 슬픈 장면이지 않냐며 엉엉 운다. 기분이 이상하다. 내 눈에선 아무것도 안 나온다. 네가 웬일이냐는 친구의 물음에 이렇게 대답한다.

"나 요즘 내 일이 아니면 잘 안 울어…."

멍하니 친구를 바라본다. 약간의 부러움이 섞인 눈으로. 나도 저런 적이 있는데! 하는 생각이 드니 씁쓸해진다. 괜한 아쉬움에 천천히 눈을 감고 친구가 우는 그 순간을 온전히 느껴본다. 내게 충만하던 연민을 상실한 것 같다는 생각에 허탈하기도 했다. 나의 약한 마음을 내가 참 사랑했는데.

그때로 돌아가고 싶은 마음은 없다. 요동치는 감정에 아픈 날 또한 많았으니까. 축 처지고 슬픈 감정에 쉽게 흔들리지 않는 오늘 내가 더 건강한 것만 같으니까. 한동안은 모든 일에 평온한 현재의 상태를 누리고 싶다. 잔잔할 수 있는 지금을, 어쩌면 내 인생 유일한 순간일 수 있는 지금을 온전히 즐기고 싶다.

사람

이해되지 않을 수 있다. 가까웠던 만큼 섭섭할 수도 있다. 그런데 또 멀어지긴 싫다. 이 마음 알지? '넘어가자.', '별일 아니야.' 스스로를 다독이고 잠시 멀어져 각자의 삶에 충실하다 보면 불필요한 미움은 가라앉는다. 그때 멀어지지 않기를 잘했다. 하는 날이 올 거다. 대부분의 서운함은 적당한 거리에서 충분히 해결된다.

져줄게

사랑 자원봉사자라는 직업이 있다면 난 그거 같다. 사랑만 하면 이상한 봉사 정신이 생긴다. 내가 그를 변화시켜야겠다는 마음이 드는 거다.

처음으로 사랑다운 사랑을 해본 것은 대학교 2학년이었다. 사랑을 한 것은 맞지만 행복했다고 말할 자신은 없다. 승부욕과 자기주장이 센 모습에 반했지만, 그런 것들이 나를 힘들게 했다. 어쩐지 잔잔하고 행복하던 어느 날의 점심이었다. 서로의 배를 빵빵 두드려주며 나란히 누워있는데, 그가 내 머리칼을 넘겨주며 이런 말을 했다.

"져본 적이 없어. 특히 가족들 앞에서….

나는 무슨 일이 있어도 너랑 헤어지고 싶지 않아.

그런데 싸우기만 하면 감정 조절이 안 돼.

힘들더라도 이렇게 다투면 나에게 먼저 와 주라.

조금씩 고쳐볼게."

그와 다툴 때마다 손을 내미는 것은 나였다. 그가 모진 말을 하든 아픈 눈빛을 주든 참고 안아준 것은 전부 나였다. 어떤 날엔 다가갈수록 멀어지는 그를 뒤따라 천천히 걷는데 하루를 통째로 쏟아붓기도 했다. 그러면 그는 말한다. 따라오지 말라고. 따라오지 말라고. 그런데 정말 걸음을 멈추면 지금 집에 가버리면 다시는 나를 안 볼 거란다. 나를 원망할 거란다. 그 사실이 무서워서 2년이라는 시간을 그를 달래는 데 썼다.

나를 가지고 장난이라도 치나 싶을 정도로 그는 늘 내가 지쳐 쓰러지기 직전에 마음을 풀었다. 마음이라는 게 무서웠다. 나를 쥐락펴락하는 것에 화가 나야 하는데 마음이 아프고 슬프기만 했다. 길들여진 걸까? 불구덩이에 집어넣으려는 그에게 한없이 서운해지다가도 다시 찬물에 담가질 수 있다는 사실만으로 마음이 편안해졌다. 그럴 때면 그에게 이렇게 말했다.

“기분을 풀어주어서 고마워.”

우리의 마지막 날도 그랬다. 점심을 먹고 다툰 후로 하루 종일 나를 투명 인간 취급하길래 밤이 될 때까지 옆에서 기다렸다. 게임을 하고 친구와 통화를 하고 밥을 먹는 그의 옆에 앉아 얌전히 기다렸다. 어떤 말도 하지 않고.

밤 12시.

처음으로 우리의 화해에 마감 기한을 걸어두고 더 기다려 봤다. 열한 시부터는 먼저 말을 걸어도 봤다. 오늘마저도 그런 식이면 사랑해도 돌아가지 못할 것 같아서였다. 이제 풀까 우리? 어떤 것 때문에 이렇게 속이 상했어? 지금은 마음이 조금 나아졌어? 한참을 물어도 돌아오지 않던 대답. 정확히 열두 시에 그는 말했다.

“아직도 집에 안 갔냐?”

그날 집을 나선 후로 내 집 앞에 찾아와도 안 만나

줬다.

내가 볼 때 그 사람이 나에게 준 건 절대 사랑이 아니다.

사랑하던 사람에게서 나를 멸시하는 듯한 표정을 보았다. 그렇게 자존심 부려가면서까지 지키고 싶은 것은 겨우 본인이었을까? 나에게 지키고 싶던 건 나보다는 우리 관계였는데. 어쩌면 네가 그토록 거만할 수 있었던 것은 내 탓일지도 모르겠다. '봐. 나는 너를 절대 떠나지 않아.'라며 너무 믿음을 준 것이 잘못이지 않을까 하는 올바른 사랑에 대한 후회가 들면서 무서웠다.

어젯밤 술자리 대화 주제는 사과와 용서였다. 왜 사람들은 가까운 이에게 자존심을 부릴까? 결국 사랑해서 다투는 건데…. 왜 잃을 자신도 없으면서 마음으로 겁을 줄까? 안 된다는 것을 알면서도….

우리 중 가장 나이가 많은 사람은 사랑하는 사람 앞에서만 그렇게 고집을 부린다고 한다. 자신의 마음을 몰라줄 때 오는 서운함을 스스로 해소하기 어렵다고. 이따금 고집이 센 사람이라는 느낌을 나도 받았지만 상상이 가지는 않았다. 상기된 채로 사랑하는 사람 앞에서 시위할 것을 생각하니 낯설다.

사람들은 가까울수록 미안하다는 말이 어렵단 얘기를 한다. 바깥에선 부정적인 감정을 잘 누르는데 사랑하면 그 힘이 약해진다고. 마음은 그러면 안 된다고 외치는데, 자존심에 버텨 본다고. 미련이 없는 척하는 비겁한 방어기제. 사랑해서 상처를 주고. 사랑해서 서로를 미워하고.

나는 그게 안 된다. 사랑하면 사과하는 게 더 쉽다. 상대방의 잘못도 내 실수인 것만 같고 끝도 없이 미워질 것 같다가도 '사랑하는데. 나는 너를 많이 사랑하는데.' 하며 부정적인 감정이 눌러진다. 사랑에서 파생되는 고통을 사랑이 이긴다. 나에게 '매정하다.'라는 얘기는 오히려 덜 사랑했을 때 적용된다. 그들에겐 조목조목 따지는 것도 쉽고 다시 안 보기를 택하는 것도 쉽다.

쉽게 손을 건넨다. 함께 보내는 시간이 이렇게 흘러 버리는 게 아쉬워서.

화 좀 풀어 봐. 날씨가 이렇게 좋잖아.

사랑하는 사람에게 져주는 게 결국 이기는 것임

을 아는 사람들이 좋다. 누군가가 내게 미안하다는 말을 해 주면 모든 경계가 허물어진다. 이 관계를 잘 지켜내고 싶구나. 그 마음의 소중함을 안다. 무슨 일이 있어도 그 예쁜 마음은 잊히지 않는다.

'미안해'

'그랬구나'

'속상했겠다'

'알려줘서 고마워'

'나 미웠을까?'

'조금 더 신경 쓸게'

사랑해서. 소중해서 할 수 있는 말들.
애틋해서. 너무 애틋해서.
생각하다 보면 슬퍼지는 말.

당연한 것들

떨어져 있을 때 에너지 쓸 필요 없는 사이가 좋다. 혹시 나에게 불만이 있을까? 어떻게 풀어줘야 하지? 이런 걱정 없이 '그런가 보다.' 하나로 설명되는 관계. 연락이 오래 없어도 아무 생각 안 드는 사람들. 나와 너무 비슷해서 좋고 싫은 점이 같은 사람들. 안 그래도 머리 아픈 세상인데 함께할 때만큼은 편하고 싶다.

모난 마음

영상을 찍거나 음성녹음을 하는 게 좋다. 여건이 안 되면 메모를 하지만 글에는 순간의 감정까지 담기가 어려워서 최대한 촬영하여 기록하는 편이다. 그중 몇 가지 일은 SNS에 올린다. 따뜻한 순간은 나누면 좋으니까. 내가 올린 영상에 용기를 얻어 누군가 또 그런 선행을 주저하지 않고 베풀 수 있겠다는 기대감에서.

새벽 세 시까지 술을 먹다가 택시에 탔는데 기사님이 따뜻하게 데워놓은 닭가슴살을 주셨다. 그날 나는 힘들어서 술을 마셨기 때문에, 나에게 그것은 그냥 닭가슴살이 아니라 따뜻한 마음이었다. 도란

도란 얘기를 나누다 보니 우리 아빠가 생각이 나서 그냥 보내드리기가 싫었다. 잠시 기다려 주시라는 부탁을 하고 빠르게 작업실에 올라가서 간식이 될 만한 것들을 쇼핑백에 챙겨 담는다. 헐레벌떡 내려와서 기사님께 전했다. 고요한 새벽, 우리뿐이던 택시 안에서 주고받은 사랑이 너무 깊어서 시간이 멈췄으면 좋겠다고 생각했다.

SNS에 공유하니 대부분 보기 좋다는 반응이다. 늘 끓어오르지만 정작 나서서 하기 어려운 일이었다며 '이렇게 보고 나니 용기가 생기네요.'라고 말한다. 부모님 생각이 나서 대신 감사하다는 말도 있다.

하지만 모든 사람에게서 좋은 시선을 받을 순 없다. '조용히 도우면 되지 왜 올리냐.', '영상을 찍고 있던 거면 애초에 뭐 하나 착한 척해보려고 작정을 한 거다.' 이런 반응들. 그런 것들은 신경 쓰지 않으려 해도 내 마음을 어지럽힌다.

작년 여름의 초입에 할머니가 돌아가셨다. 나는 할머니를 누구보다 사랑했다. 불행 중 다행인 것은 돌아가시기 전날 이상한 기분에 할머니를 보러 병실에 다녀왔다는 것이다. 발인을 마치고 할머니와의 사진 몇 장을 SNS에 올렸다. 마음으로 애도하는 일도 의미 있지만 나를 사랑해 주는 사람들이 할머니의 명복을 함께 빌어준다면 더 좋아하실 것 같아서. 그리고 며칠 후, 내 책인 <좋은 일이 오려고 그러나 보다>가 나왔다. 할머니에게 꼭 보여주겠다고 약속했던 그 책. 며칠 차이로 할머니는 보지 못한 그 책.

책이 나오면 내가 가진 모든 힘을 다해 홍보하는 것이 도리이기도 하고, 할머니에게 유명한 작가가 되겠다고 약속한 것이 생각나서 정말 열심히 했다. 내가 아는 할머니는 그 모습을 더 좋아할 거라는 확신도 있었기에. 슬픔을 참아내며 하루에 두세 개씩 글을 써서 올렸다.

회사의 노력과 할머니에 대한 나의 사랑으로, 책은 생각보다 더 잘됐다. 그런데 어느 날 이런 댓글이 달린다.

"책 홍보하려고 할머니 팔아먹었던 거죠?"

마음 같아선 그 사람이 어디에 있는지 세상 구석구석 뒤지고 싶었다. 내 눈을 보고 똑바로 다시 말해 보라는 얘길 하고 싶었다. 그렇지만 할 수 있는 것은 아무것도 없다. 그저 속으로만, '그런 거 아닌

데. 나 진짜…. 그런 거 아니에요.' 하루 종일 심장이 뛰었다.

한때 푹 빠진 노래가 있다. 사람들과 함께 들으며 어떤 마음으로 가사를 썼을까. 어떻게 이런 생각을 했을까? 감탄하며 분석하던 곡이다. 그리고 몇 달이 흘러, 우리가 사랑한 그 노래가 인스타그램의 릴스에 뜨기 시작했다. 응원하고 있던 가수이니 내심 기뻐서 보이는 영상마다 좋아요를 눌러 무한 응원을 보냈다.

하지만 댓글 창은 가관이다. 가수분이 본다면 절대 신경 안 쓰셔도 될 만큼 어이없는 말이 대부분이었지만 세상에 그런 평가가 공개적으로 박혀있다는 사실만으로 창작자의 입장에선 엄청난 스트레스이다. 내가 생각하기에 댓글 창의 분위기는 초반에 달리는 몇 개에 좌지우지될 확률이 높다. 단지 운이 안 좋았던 것뿐이다.

자신이 뛰어들 수 없는 일에 쉽게 손가락질하고, 진지함을 조롱하는 것이 어느 순간 하나의 문화가 됐다. 자신과 비슷한 생각을 가진 사람이 좋아요라도 눌러주면 쾌감이 어마어마할까? 그게 인생의 유일한 자랑거리가 되려나?

유쾌와 불쾌는 한 끗 차이의 감정이라는 것을 그들은 전혀 모르나 보다.

극히 일부임을 알기에 외면하려 하지만, 드문드문 달리는 비판 댓글을 무시하는 게 쉬운 일은 아니다. 특히나 누군가에게 계속해서 평가를 받아야 하는 일을 하는 사람이라면 더 어쩔 수 없다. 보고 싶지 않아도 봐야 하고 듣고 싶지 않아도 귀를 쫑긋 세워야 한다. 그 말이 마음에 콕콕 박혀 미치는 한이 있어도.

어질어질하다.

날이 풀리니 서울의 주말은 사람으로 붐빈다. 목이 마른 계절이 시작되니 테이크아웃 음료 잔을 하나씩은 들고 다닌다. 그러다 보면 계단의 난간, 지하철역 출입구, 건물의 기둥 앞에 컵을 놓는 사람이 생긴다. 컵이 하나 놓이면 산더미가 되는 것은 시간문제이다. '저기 조금만 더 걸으면 쓰레기통이 있는데….'

정말 잘 몰라서 두고 가는 경우도 있을 거다. 당연

히 쓰레기가 모여 있으니까 버리는 거다. 하지만 대부분은 알고 있다. 쓰레기를 버리면 안 되는 곳이라는 것을. 그래서 약간은 눈치를 보다가 쓰레기가 쌓이면 죄책감이 줄어든다. 인간은 간사해서 이미 나보다 많은 사람들이 이렇게 쓰레기를 처리했다는 사실은 내가 그곳에 쓰레기를 함부로 버리고 가도 찝찝하지 않을 이유가 된다.

어느 일에서든 처음이 중요하다는 것을 여실히 느낀다. 버리면 안 될 곳에 쓰레기가 놓이는 첫 순간, 누군가가 온 사랑을 쏟았을 작품에 처음 달리는 댓글같이. 처음은 곧 전체의 분위기가 된다. 꼭 다른 이들이 흐름을 같게 타지 않더라도, 쓰레기가 몇 개 놓여있다는 이유만으로도, 그 거리에는 '그래도 될 것 같은' 분위기가 조성된다.

종종 사람들이 너무하다고 생각한다. 대부분 자신이 해본 적 없는 일에 훈수를 둔다. 시작할 엄두도 못 낸 영역에서 어찌 남이 옳다 그르다 평가할 수 있을까. 그것은 과연 믿을 만한가? 결국 본인 인생에 없던 행동과 결과이니 욕을 하는 거다.

그들은 자신의 시간을 써서 누군가를 도와줄 수 없으니까. 자신이 먹으려고 했던 닭가슴살을 건네든 말든 그들에겐 그리 중요한 일이 아니니까. 그런 가사로 누군가를 울고 웃게 할 능력이 없을 테니까.

용서하기로 한다.

평생을 자신의 마음을 글로 표현할 줄 모르고 평생을 누굴 도와본 적 없을 사람들을.

그래서 한 사람의 감정과 사랑을 거짓으로 바라보는 가엾은 마음들을.

왠지 모르게 씁쓸해진다.

닮음의 미학

책은 꼭 밑줄을 그으면서 읽는다. 나와 똑 닮은 마음을 발견했을 때, 생각해 본 적 없지만 가슴이 뜨거워지는 말일 때, 누군가에게 펼쳐서 보여주고 싶을 때, 고개를 세차게 끄덕이며 펜을 꺼내 들고 문장에 흔적을 마구 남긴다. 처음 읽은 날엔 가장 좋아하는 연한 분홍색 형광펜으로, 그다음에 읽을 땐 올리브색 연필로, 세 번째 읽을 땐 검정 잉크 펜으로. 다른 부분에 색이 더해지면 내가 이렇게 달라졌구나 싶어서 신기할 수도 있고, 여전히 같은 곳에 밑줄을 긋고 머무르는 나를 본다면 여전하네 싶은 마음에 생긋이 웃을 수도 있다.

마음에 들어온 페이지는 최대한 많이 만져본다. 좋아서. 너무 좋아서. 글자는 내 손길을 느끼지 못하겠지만 그럼에도 괜히 문장을 쓰다듬는다. 세수하듯 비벼 보고 살짝 오른쪽 뺨을 대어도 본다. 끝날 때까지 좋은 감정이 유지된다면 마지막 표지를 덮고서 한번 꼬옥 안는다. 이런 삶을 살아줘서 고맙다는 마음을 더하며.

그러다 보니 좋아하는 책은 약간 뚱뚱하다. 많이 만지고 잉크가 자주 다녀가니 종이가 우는 거다. 나의 사랑이 본격적으로 커지는 것도 그 시점이다. 그 한 권에 내 흔적이 선명히 느껴지기 시작할 때.

이제부터 얼마 간은 내가 가장 좋아하는 책은 그것이고, 그 책에 가장 많이 다녀간 사람은 나다.

좋아하는 것을 대하는 태도는 저마다 다르다. 어떤 사람은 소중해서 그것에 내 흔적을 묻히는 것이 조심스럽다. 쓰지도 않는 다마고치 수십 개를 전시장에 수집하는 다은이가 그랬고, 책에 펼침 자국이 남는 것도 싫어서 모든 힘을 빼고 책장을 넘기던 도희 언니가 그랬듯이. 좋아하는 만큼 그대로를 보존하고 싶은 마음이라면 그것 또한 이해가 간다. 방식이 다를 뿐 무언가를 아끼는 마음은 같으니까. 자신에게 맞는 방법으로 무언가를 아끼고 사랑해 나가는 조심스러운 마음은 모두 다 소중하다.

필통 한쪽 끝이 닳았다. 책상 오른편에 놓인, 중학생 때부터 쓰던 강아지 필통. 이상하게 난 그게 좋아서 웃음이 난다. 괜히 한번 손으로 간질여 본다. 사랑해서 낡은 것이 느껴진다고 하면 다들 믿을까? 닳고 닳았어도 함부로 다뤘다는 느낌은 안 든다. 이야, 너 정말 고생했구나. 그러고 보니 우리 함께 참 여기저기 많이 다녔네. 고마워. 앞으로도 난 너만 쓸 거야. 속으로 중얼대 본다. 마음이 닳기를. 마음이 닳기를.

좋아하는 것이 닳아갈 때 행복하다. 얇아질수록 깊어지고 때가 탈수록 애틋해지는 신기함에 설렌다. 책과 지우개, 인형 같은 것들. 사람의 마음처럼, 헌것이 된다고 해도 바닥날 일은 없기에 안심하고 마음껏 누리는 것일지도 모른다. 완전히 사라질 일 없을 거란 확신에 불안하지 않다. 하고 싶은 만큼 사랑해도 뭐라 할 사람 없다.

사랑하는 것들에서 내 흔적이 보이고, 어느 날은 내 모습이 보이고.

나는 그런 것들에서 안정감을 느끼고, 이런 마음으로 또 하루를 살아간다.

보통의 하루

씩씩하게 일 마치고
사람들 앞에서 웃고
시간 맞는 지인과 술 한잔한다

아무 일도 없는 듯 잘 놀고
다음에 또 보자는 말과 함께 돌아선다

버틸 만한 하루였니?
스스로에게 질문하며 하염없이 걷다가

누가 툭 치면 울어버릴 것 같은 날이 있다

이유 있는 슬픔

내게 오려던 기회가 다른 곳에 갔다고 한다.

-괜찮습니다! 더 좋은 짝을 찾은 것이겠지요. 그동안 잘 챙겨 주셔서 감사합니다.

답장을 보낸 후 숨을 크게 한번 내쉰다. 기죽지 말자. 좋은 일이 오려고 그러나 봐.

호감을 가지고 연락하던 그가 내게 예전만큼의 관심을 보이는 것 같지 않다. 답 없는 채팅방에 한 번 더 연락을 남겨 본다. 내 마음이 훨씬 커지는 것 같아 어쩐지 부끄럽다. 이제 나보다 재밌는 것이 생겼을까? 자기가 먼저 좋다고 했으면서. 미워진다.

털레털레 집으로 가는 길, 에어팟을 귀에 끼려는데 한쪽이 떨어졌다. 하수구 안으로 쏙 들어가 버렸다. 노래를 크게 듣고 싶은 날이었는데. 그러면 마음이 조금 나을 것 같았는데…. 겨우 집에 도착한다. 현관문을 열고 들어오자마자 털썩 주저앉는다.

한참을 멍하니 있다가 몸을 일으켜 선반에 지갑을 올려두려는데 그 옆에 있던 아세톤이 발 위에 떨어진다. 그리 높지도 않은 곳에 있었는데 왜 이렇게 아플까. 마음이 더 쓰라려서, 발의 고통은 자각하지 못한다. 발은 금방 퉁퉁 붓고 까매졌다. 새벽이 되어서도 멈추지 않는다. 그제야 응급실로 향하니 골절이라는 의사 선생님의 말씀. 다들 나한테 오늘 왜 이러는 거야….

발 여기저기를 만져 보시는 선생님의 손길에 움찔움찔하다가 눈물이 흐른다. 아파요. 그렇게 세게 누르시면 아파요. 이렇게 울 일이냐는 농담과 함께 따뜻한 미소로 휴지를 건네주신다. 눈물은 본격적으로 쏟아진다. 밖에서 울면 안 되는데. 여긴 응급실인데. 죄송해요. 죄송해요. 그런데 너무 아파요.

어이가 없을 만큼 시련이 몰아닥치는 하루가 있다. 세상이 나를 두고 장난을 치나 싶을 정도로 악재의 연속인 시기가 있다. 그런 상황은, 잘하고 싶은 마음이 최대치에 달해있을 때 더 아프다.

과연 나는 아세톤이 발 위에 떨어져서 울었을까? 발가락이 아파서 서러웠을까? 그것보다는 그날 나에게 벌어진 일이 너무 가혹하다 느껴졌기 때문이 아닐까. 다른 곳에 갔다던 그 일이 꼭 하고 싶었던 것이 아닐까. 매일 꿈에서도 그 일을 하는 나를 기대했으니까. 그 사람과 잘되고 싶었던 게 아닐까? 사귀고 나면 어떤 이름으로 그 사람을 부를지도 미리 생각해 두었으니까.

이래도 저래도 어쩔 수 없는 마음이 있다. 열심히 준비한 프로젝트가 무산되었을 때, 잘하고 싶던 일이 다른 사람에게 넘어갔을 때, 마음의 엇갈림에 느끼는 섭섭함이나 한참 시간이 지났음에도 문득문득 떠올라 울컥하는 어떤 이름처럼 말이다. 내가 삶과 세상을 사랑하고 거기에 의지하는 것만큼 세상은 나를 그리 여기지 않는 것 같아서일까. 친하게 지내고 싶은데. 정말 잘해보고 싶은데.

다시 그런 날이 온다면. 뜻대로 되는 것이 없던 그 날처럼 괜한 핑계를 대며 울지도 모르겠다. 기대한 밥맛이 아니어서. 핸드폰이 자꾸만 먹통이어서. 오늘 날씨가 너무 더워서. 기대하고 본 영화가 내 취향이 아니어서. 아끼던 목걸이 체인이 끊어져서. 이렇게, 아쉽지만 울 일은 아닌 일들에 눈물을 보일지도 모르겠다. 그러니 별것도 아닌 일로 내가 많이 운다면, 나 오늘 속상한 날이었어요 하며 신호를 보내는 것일 수도 있겠다.

사진

대학생 때 백업해 둔 사진 폴더에 들어갔다가 경악했다. 어울리지도 않는 화장을 하고 셀카를 찍었던 고등학교 2학년 때의 나와 눈이 마주쳐서. 온갖 성숙한 척을 하며 남긴 거울 샷도 있다. 남들은 어제 찍은 게 아니냐며 졸업 사진이 화제가 되기도 하던데 나에게 그럴 일은 없다. 마음 같아선 오려내고 싶을 정도로 수치스럽다. 앞으로도 이 마음에는 변함이 없을 거라 확신하며 지우려다가, 손을 거둔다.

고등학생 때 찍은 사진이 몇 장 안 남은 것도 오늘 같은 날 때문이었다. 창피하고 꼴 보기 싫다는 이유로 거의 다 지워버렸다. 시간이 조금만 지나면

이 쪽팔림 또한 다시 돌아갈 수 없는 추억일 텐데. 아쉽다.

받아들이기로 한다. 오래된 사진 속 조금은 촌스러운 내 모습 또한 나이니까. 그 시절이 있기에 지금의 내가 존재한다. 그때, 어떤 이들은 분명하게 사랑했을 나의 모습이다. 어색하다는 이유로 지우고 나서 늘 후회했다.

이제 사진을 마다하지 않는다. 그날 내 모습이 조금 별로일지라도 활짝 웃으며 렌즈를 바라보고 싶다. 그 안에 담긴 내가 행복했다는 것을 알았으니 됐다. 시간이 지나면 얼굴보다는 함께 있던 사람, 그 당시 나의 고민, 그날 가장 기억에 남는 장면 같은 것들이 크게 밀려온다. 그런 것들은 좋은 사전이 되고는 한다.

민망하고 촌스러운 과거의 나도 나인 것은 변함없다. 미숙해서 더 진정성 있어 보이는 것 같기도 하다. 사진에는 그런 힘이 있다.

근황

초등학교 내내 단짝이던 A. 지금은 무엇을 하며 사는지 모른다. 대학 가서도 자주 보자던 H와는 이런저런 오해로 서로 눈치만 보다가 결국 멀어졌다. 한때 전부이던 사람들의 소식도 모르며 지내고 있다는 게 슬프다. 오랜만에 만나 옛날얘기 나누고 싶은데…. 보고 싶다. 너희도 가끔은 내 생각할까?

떠난다면

잊히지 않는 사람이 되고 싶다. 혹시나 멀어지더라도 '참 좋은 사람이었지.', '걔도 많이 아팠겠지.' 하며 나의 예쁜 모습을 떠올려주면 좋겠다. 그래 준다면 바보같이 사랑한 것에 전혀 후회가 없을 것 같다.

어쩌면 책임감

열심히 일해서 번 돈을 숙소와 밥값에 다 썼다. 처음 강연했을 때의 일이다. 보통 교통비까지 지급이 되니 가서 강연만 하고 오면 되지만 긴장돼서 그럴 수 없을 것 같았다. 결국 약속일 하루 전에 부산으로 향했다. 멀지 않은 곳에 숙소를 잡아 짐을 풀고, 어떤 거리를 지나야 도착하는지 걸어 보고, 학교 근처를 빙빙 돌아도 봤다. 혼자 밥을 먹고 내일 잘할 수 있을지 걱정을 하니 금세 새벽이 됐다.

결국 잠도 못 잔 채로 강연장에 들어섰다. 떨리는 마음은 잠시, '안녕하세요.' 하고 인사를 하는 순간부터는 잘 기억나지 않는다. 내가 쉬지 않고 말했다는 것과 준비하지 않은 멘트나 질문도 척척 했다는 것 정도만 안다. 거의 물 만난 물고기처럼 말이다. 그렇게 강연을 잘 마치고는 긴장하느라 어느 것도 온전히 느낄 수 없던 그 지역에 괜히 하루 더 머물렀다.

긴장감이 나를 압도한다. 매 순간 그러는 것은 아니지만 중요한 일이 있을 때 심하다. 먹는 족족 게워 내기도 하고 어쩔 땐 너무하다 싶을 만큼 과식을 한다. 잠을 못 자는 것은 당연하고 마주 앉아 친구가 얘기하는 내용이 귀에 하나도 들어오지 않는다. 집중을 절반 정도로만 하는 표정으로 '집에 가고 싶다…', '이러고 있을 때가 아닌데.' 하는 나를 발견한다. 가만히 있는데 눈물이 난 적도 많다. 잘하지 못하면 어쩌지, 사람들이 내게 실망하면 어쩌지.

'하지 말걸.'과 '분명 내게 도움이 될 경험일 거야.'라는 양가감정은 항상 공존한다.

언제나 뛰어들고 나면 잘했다. 한 번도 빠짐없이 그랬다. 불안하고 초조했던 마음은 사라지고 눈 감았다 뜨면 행사는 끝이 나 있었다. 오히려 시간이 부족했다. 그러니 일을 같이 준비했던 분들은 하나같이 내게 이런 얘기를 한다. '거 봐. 잘할 거면서! 앞으로도 조금만 더 고생하자.'

왜 이토록 긴장할까? 어차피 잘 해낼 것을 아는데 뭐가 그렇게 걱정되고 두려울까. 그것도 밥을 못 먹고 울면서까지. 뭐든 시작한 일은 완벽하게 해야 한다는 강박 때문이겠다. 한번 뛰어든 일은 정말 잘할 수 있을 때만 어떤 일을 시작한다는 나의 고집 때문이기도 하고 분명 두려운데, 두렵다고 피하기엔 발전이 없으니 일단 제안을 받아들이는 거다. 먹기 싫은 가루약을 코 막고 삼켜내던 초등학생 때처럼, 어쩔 수 없이 하다 보면 언젠가는 노련해지지 않을까 하는 기대감에.

예정된 시간보다 미리 가 있는다거나, 그 전에 중요한 일정은 거의 잡지 않는 것도 일을 잘 해내고 싶은 마음에서다. 되도록 최상의 컨디션을 유지해야 하니까. 그 일정을 소화하는 시간뿐만이 약속은 아니다. 그것을 준비하고 그날을 위해 관리하는 것 또한 나의 몫이다. 타인과의 약속이기도 하니까. 극도의 긴장감을 경험할 만큼의 일이 나에게 주어졌다는 것은 기쁜 소식이다. 일이 마무리되기 전까지 겪어야 하는 고생은 분명하니 환영까지는 못 하지만.

그리고 앞으로도 누군가에게 필요한 사람이 될 수만 있다면, 계속해서 불리는 이름이 될 수 있다면

이 긴장을 기꺼이 받아들일 것이다. 감사한 불안함이 조금씩 줄어들 날을 기대해 보면서 말이다.

어떤 일을 사랑해서 졸이게 되는 이 마음이 대견하다.

그리하여
무엇이 되었나요

좋아하는 것이 뭐냐고 물으면 사랑이라 말할 것이다
사랑이 미운 적은 없냐 물으면
그게 덜 사랑할 이유는 되지 않았다고 대답할 것이다

상처를 주기도 했나요? 하고 물으면
늦게라도 진심을 전했다고 말할 것이다
멀어진 사람이 보고 싶을 때마다 어쨌냐고 물으면
그럴 때마다 더 잘 살았다 말할 것이다

사랑을 할 때 어땠냐고 물으면

모든 것을 다 줬다고 자신 있게 말할 것이다
그것을 후회한 적은 없냐 물으면
그때 나의 마음이기에 절대 후회하지 않는다 할 것이다
떠난 사람이 원망스럽지 않냐 물으면
그것조차 미련이니 아무런 생각 하지 않을 것이라는
대답을 해 주고 싶다

다시 사랑한다면 어떻게 할 것이냐 묻는다면
그동안 건넨 어떤 사랑보다 커다란 마음을 줄 것이라 할 것이다
그 사랑조차 끝이 나면 어떨 것 같냐 물을 땐
다시 한번 슬픔을 만끽하겠다고 할 것이다
외로움을 어떻게 해소하냐 물으면
아주 고독해 본 후 생각해 볼 것이라 말할 것이고
자신을 얼마나 사랑하냐 물으면 삶이 아무리 부당하다 느껴져도
나를 위해 내 삶을 포기할 일은 없을 것이라 하고 싶다

그리하여 무엇이 되었나요? 내게 묻는다면
나를 가장 사랑하는 사람이 되었다고 대답해 주고 싶다

별걸 다

종종 소원 팔찌를 선물 받는다. 겹겹이 쌓인 실을 꼬아 만든 건데, 시간이 흘러 자연스레 똑- 끊어지면 소원이 이루어진다는 미신이 담겨 있다.

하나 정도는 감당할 수 있겠는데, 선물 받는 시기가 겹쳐 여러 개를 끼게 될 때는 불편한 부분이 생긴다. 바로 빼는 것이 나은 상황이 올 때이다. 그날 입는 옷의 분위기와 맞지 않을 때도 고민이 되지만, 그보다 더 문제가 되는 날은 중요한 행사가 있을 때다. 촬영한다거나 많은 사람이 모일 땐 아무래도 팔찌를 빼야 하는 상황이 온다. 그럴 때마다 마음 한편이 찝찝했다. 주는 사람이 의미를 붙인 팔찌일 뿐이지만 불길한 기운이 스멀스멀 들어와서.

그러다 잃어버리기라도 하면 선물해 준 사람에게 드는 미안함은 잠시, 찝찝한 느낌이 더 커지면서 '선물을 안 받았더라면.'이라는 생각이 든다. '이러면 안 되지.' 하는 마음에 선물해 준 사람에게 죄책감까지 느끼게 되면 그날은 고통이다.

합정역 인근 카페에 갔다. 카운터에 하나만 가져가세요라는 문구와 함께 코팅된 네잎클로버 몇 개가 놓여 있었다. 함께 간 동생과 하나씩 골랐다. 자기 것을 챙겨가는 건 낭만이 없는 것 같아서 서로 선물해 줄 클로버를 고르자고 제안했다. 좋은 마음으로 교환을 하고 지갑에 넣으려 하니, 문득 기쁨보다 미안함이 커졌다. 실패하면 안 될 미션을 주고받는 느낌이어서.

지갑 깊숙이 들어가는 네잎클로버 뒤편으로 근심이 삐죽삐죽 튀어나온다. 잃어버리면 어쩌나. 오히려 더 안 좋아지는 게 아닐까.

<좋은 일이 오려고 그러나 보다> 개정판을 준비하면서 특별한 이벤트를 기획했다. 바로 네잎클로버 책갈피이다. 직접 말리고 코팅까지 했으니 정말 좋은 선물이 될 것이라 확신했다. 세상 어디에도

이런 저자는 없겠지? 싶어 기쁜 마음으로 후기를 기다렸다. 하지만 기쁜 마음으로 하나둘씩 인증을 하는 사람들을 보니 아차 싶은 거다. 잃어버려도 걱정하지 말라는 말을 붙이지 않았는데. 너무나 후회됐다.

혹시나 이 글을 보고 계신다면, 걱정하지 마세요. 행운은 그날 바로 여러분 마음에 안착했답니다.

행복 쿠폰을 자주 선물한다. 별건 아니고 그냥 행복했으면 좋겠는 사람들에게 손 글씨로 '행복 쿠폰'이라고 적어 주는 거다. 거기엔 내가 좋아하는 꽃과 풀잎과 토끼와 빨간 하트 같은 것들을 함께 그려 넣는다. 좋아하는 것을 잔뜩 담아주면 더 멋진 기운이 가득하지 않을까 해서. 사람들이 정말 기다리는 나의 선물 중 하나이다.

특이한 점이 있다면, 쿠폰 맨 밑에 꼭 유효기간을 적는다는 것이다. 그 계절에만 쓸 수 있도록. 혹시나 잃어버려도 찝찝하지 않게. 행복을 바라서 준 선물이 마음을 조마조마하게 하는 폭탄이 되면 안 되니까.

예전에는 마음이 담긴 선물을 하는 것이 최고의 사랑이라 생각했다. 그렇기에 상대의 기대보다 큰 것을 주거나, 오래 지녀야 할 어떤 것을 건네기에 바빴다. 내가 준 물건이 꼭 나인 것만 같아서, 받는 이의 가까이에 있을 때 행복했다. 선물에 나를 투영했던 걸까? 그래서 그게 정말 필요한 것인지, 감당할 수 있을 만큼의 것인지 전혀 고려하지 않고 퍼줬던 것 같다. 어쩌면 원하지도 않았을 그 마음을 마구마구. 내 마음대로. 어쩌면 사랑하는 사람을 잘 챙기는 '내가' 좋았던 것이 아닐까 싶다. 인정하기 어렵지만.

얼핏 알 것 같다. 어떤 것이 진짜 사랑인지. 사랑한다면 정말 가만히 멈춰서서 그 사람이 원하는 것이 무엇인지 고민해야 한다. 지금 나의 마음이, 그가 바라는 것인지 내가 바라는 것인지도 잘 생각해 봐야 한다. 충분히 배려하고 깔끔하게 인정해야 한다. 좋아서 준 선물이 서로에게 아쉬운 기억밖에 되지 못하는 것은 싫다.

알게 된 지 얼마 안 된 사람에게는 화분보다 꽃을 선물하기, 네잎클로버를 건넬 땐 '이건 마음에 남는 네잎클로버야. 혹시나 잃어버리더라도, 너무 걱정하지 마.'라는 말을 함께 건네기. 행복 쿠폰은 꼭 너무 멀지 않은 날짜를 유효 기한으로 설정해서 선물하기. 좋아해서 주는 마음 뒤에 숨어서 숙제를 주지 말기. 예정에도 없던 책임감을 느끼게 하지 말기. 그 책임감은 산처럼 커져 부담이 되고 말 테니까.

별걸 다 신경 쓴다고 할 수도 있지만.
나에게 사랑은 별걸 다 고려해서
그 사람이 행복해지길 바라는 마음이다.

소박한 사치

무탈한 하루의 소중함을 안다
가족이 아프지 않고
친구가 이별하지 않고
내 삶이 무너질 만큼의 힘든 일이 벌어지지 않는 것

사람들이 말하길
별일 없는 하루가 선물인 거란다
가장 어려운 일이란다
그래도 종종 욕심부리고 싶다

일하고 밥 먹고 운동하고 씻고 자고
분명 하루를 꽉 채워 살았는데도

어딘지 모르게 텅 빈 느낌이다

조금 더 재미있어지길 바란다
아무 일도 없는 하루가 모여
일주일이 되고, 한 달이 되고, 일 년이 된다는 게
어쩐지 서글프다

이제는 조금 더 행복해도 되지 않을까?
사소하고도 어려운 욕심을 부려 본다

나도 그래

혼자 일을 할 때 찾는 카페가 있다. 서울에 이사 온 후 2년 동안 다니던 집 앞 엔제리너스가 사라진 후 새로 정착한 곳이다. 동네에서 그 두 곳 말고 다른 카페는 혼자 가본 적이 없다. 더 별난 점이 있다면 나는 늘 그곳의 같은 자리에 앉는다는 거다.

가는 카페만 가는 사람은 많다. 마시는 음료만 마시는 사람도 많다. 그렇지만 그 자리가 아니면 앉지 않는 고집을 가진 사람은 많지 않을 것이다. 더군다나 내가 가는 카페는 한산한 편도 아니니 찾는 자리가 비워져 있는 일도 드물다. 셀프 지정석에 앉기 위해 주변을 맴돌거나 문 앞에서 멍때리며 기다릴 때가 많다. 까딱 다른 자리에 앉는 날은 이상하게 마음이 편하지 못해서 결국 집에 돌아온다. 그래서 최대한 오픈 시간에 맞춰 가는 편이다.

피곤하게도 산다는 얘기를 몇 번 들었다. 컨셉인 거냐, 그냥 아무 데나 앉으면 되지 일부러 그러는 게 아니냐. 하는 말들.

한 번도 이런 내가 싫지 않았다. 시간을 날리는 일이 있기도 하지만 내가 불안하지 않은 것이 중요하기 때문이었다. 나는 일할 때 내 마음이 기쁜 것이 가장 우선인 사람일 뿐이고, 그러기 위해선 익숙한 장소의 익숙한 자리에 앉는 게 좋을 뿐이다. 묘한 승리감과 안도감 같은 게 있는데 아무리 설명해도 모르겠지…. 점점 기가 죽었다. 내 방식이 틀렸을까 하는 생각에 스스로에게 화가 나기도 했다.

최근에 만난 사람 중 한 명은 나의 블로그를 잘 보고 있다는 얘기를 전했다. 그중 카페 이야기가 인상적이었다길래 관성적으로 몸이 움츠러들었다. 또 이런 나를 유별나다 하겠지? 싶어서. 괜히 바닥을 보고 민망한 듯 웃는데 돌아오는 대답이 의외였다. '진짜 너무 좋아요…. 저도 그러거든요. 작가님을 볼 때마다 공감되고 신기하고 그래요.' 나는 그 말이 고마웠다.

사람들은 자신과 다른 것을 잘 인정하지 않는다. 말로만 그런 척하지 정작 그런 사람을 많이 못 봤다. '쟤는 좀 피곤해.', '쟤는 아직도 저걸 못한대.' 피해를 준 적도 없는데 굳이 굳이 상대의 어떤 점을 이해하지 못한다며 깎아내리기도 한다.

갈아타는 것을 싫어해서 환승 세 번에 한 시간 코스보단 환승 없이 세 시간 가는 방법을 선택한다고 했을 때 친구들은 피곤하다고 말했다. 혼자 하는 것이 익숙하지 않아 카페를 가거나 서점에 가는 것부터 연습하고 있다고 하니 아직 그런 것도 혼자 안 해봤냐며 답답하게 여기는 사람이 있었다. 당기는 문은 꼭 당겨서 들어가고 싶은 나의 고집이 불필요하다고 한 이도 있다. 남을 괴롭히는 마음도 아니었는데 이상한 사람이 되니까 속상했다.

이런 내가 틀리지 않다고 얘기해주는 마음에 감동해 고개를 숙인다. 자신도 나와 같다며 재미있게 들어주는 사람을 만날 때 안심이 된다. 그렇게나 넉살 좋은 내가 이상한 포인트에서 소심해져도, 늘 같은 장소 같은 자리에 앉아야 한다는 고집을 부려도 이해해 주는 사람들이 있으니 좋다.

그럴 수 있지, 그게 뭐 이상한 일이라고. 대신에 넌 다른 걸 잘하잖아라고, 말해 주는 애정 어린 목소리들.

어떤 콤플렉스는 이렇게 나 자체를 인정해 주는 것만으로 아무것도 아닌 게 된다.

나와 닮은 사람들이 있다는 사실만으로 위로가 될 때가 있다.

쉬워서
어려운 일

생각이 많은 사람은 가끔 위로가 어렵다. 이 말이 해주고 싶은데 너무 뻔할까? 이렇게 긴 마음을 전하고 싶은데 너무 부담스러우려나. 헝클어진 생각이 제자리를 찾아가기도 전에 상황은 끝난다. 그리고 집에 와서 후회한다. 그냥 할걸. 어쩌면 그 말을 기다렸을 텐데. 나에게는 뻔하고 흔해져 버린 그 위로가 너무나도 필요했을 텐데.

가까운 지인들은 내 성격을 잘 안다. 고민을 들어줄 땐 격려보다 조언이 우선이라는 것을. 무조건 편을 들기보다는 그 애에게 도움이 될 만한 방법을 찾아오는 사람이라는 것을. 그러나 나를 잘 모르는 이들은 어느 정도 환상을 품고 기대를 건다. '글을 쓰는 사람이기 때문에 위로를 잘해줄 거야.', '공감을 잘할 거야.' 하는 생각으로 말이다. 그들이 고민을 털어놓기 시작하면 나의 긴장도 시작된다.

친구가 소개팅을 하고 왔다. 그동안은 털털하고 표현에 인색한 사람을 만나더니 이번 상대는 애교가 있나 보다. 언제 한번은 헤어지고 집에 돌아왔을 때 몇 줄짜리 카톡이 왔단다. 오늘 하루 고생했다는 말로 꽉 채워진 말풍선. 어떻게 세상에 이런 사람이 존재하냐며 절대 놓치고 싶지 않다는 얘길 한다. 귀여운 듯 웃으며 '잘 만나 봐~' 라는 말을 하지만, 한편에 드는 생각에 기분이 이상해진다. '몇 줄짜리 카톡을 보내는 건 너무나 흔한 일이 아닐까?'

맞아. 내게 익숙한 것이 전혀 당연하지 않은 사람도 세상에 있지. 이런 상황이 자주 없던 사람은 뻔한 친절에도 크게 감동할 수 있구나. 나에게만 진부하지, 그들에겐 받아본 적 없는 선물인 것이다. 어쩌면 내게 고민을 털어놓던 그들이 듣고 싶었던 것은, 그 뻔한 위로가 아닐까. 자신도 알고 있는 한마디를 남으로 확인받고 싶은 마음이 아니었을까. 오늘만큼은 흔한 얘기로 자신을 토닥여 주는 손길이 필요했던 것이 아닐까. 그러니 누군가를 걱정하고 달랠 땐 그리 많이 고민할 필요가 없을지도 모른다.

생각이 덜 깊었다면, 경험이 적었다면 뱉는 것이 쉬웠을지 모른다. 그래서 가끔은 무모함에서 나오는 열정이 그리울 때가 있다. 위로는 잘하려고 애쓸수록 진심을 전달하는 것이 더 어려워진다. 너무 뜨거울지 걱정이 되어 아주 살짝 덜어냈을 뿐인데 금세 냉기가 도는 영역이 바로 위로 같아서. 어느 하나 쉬운 일이 없다.

나는 다시 한번 그 진부한 일을 잘하는 사람이 되어보려 한다. 너무 꾸미거나 너무 덜어내는 일 없이 말이다.

갑자기 생각나서 연락했어

'무슨 일 없지?'

잔잔하던 핸드폰에 알림이 하나 뜬다. 고작 다섯 글자로 나를 활짝 웃게 한다니. 이런 순간을 놓치고 싶지 않아 바로 캡처한다. 그리고 천천히 답장을 적는다. 잘 지내고 있다고. 내 생각이 나서 연락한 거냐면서 강아지 같이 반긴다. 각자 새로운 환경에 들어선 지 오랜 시간이 지났으니 내게 거리감을 느낄 법도 한데. 먼저 연락을 주니 너무 기쁘다.

"공사는 잘 되고 있어? 도움 필요하면 연락하라니까."

작업실 준비는 대부분 혼자 했다. 도움을 주고 싶다는 동료가 많았으나 먼 곳까지 걸음해 날 돕는 모습을 잘 견디는 성격은 못 돼서 힘들더라도 홀로 고생하는 게 편했다. 이런 내 성격을 알고 적극적으로 연락을 준 지인들이 있다. 불쑥 일하기 좋은 복장으로 우리 동네에 나타나서는 뚝딱뚝딱 내가 미룬 일을 처리해 준다. 필요하면 제발 도와달라는 말과 함께. 그래서 괜히 한 번씩은 더 불렀다. 나로 하여금 '필요한 사람'이 되었다는 느낌을 받게 하고 싶어서. 내 공간을 함께 완성해 줘서 진심으로 감사하다.

"꿈에 너 나왔어!"

삼 년 만이네. 바쁘다는 핑계로 연락을 건넨 적도 없는 나를 네 꿈에 초대해 주었다니. 그 소식을 전해주러 찾아왔다니. 그나저나 꿈에서 내가 왜 울었대? 요즘 잘 지내는데. 너 나를 걱정했나 보구나. 꼬옥 안아주었다는 마음이 참 따뜻하다. 요즘 바빠? 오랜만에 보고 싶네. 꿈 말고 내가 진짜 보러 갈게. 언제가 편한지 말해 줘.

만나지도 않으면서 의무적으로 선물을 주고받는 관계가 있다. 올해부터는 그런 관계를 줄이고 있다.

근 1-2년간 생일 이외의 날에 서로를 찾지 않았다면 선물도 축하도 과감히 패스해 본다. 두 사람 모두 편하지 않은 맘으로 챙기고 있는 것 같아서. 마음의 빚을 청산해야 한다는 의무감일까? 오랜 인연이 중단되는 단절감에서 오는 두려움일까?

어떤 일상을 보내는지, 어떤 고민을 하는지 전혀 궁금해하지 않는 사이에 선물 핑퐁이 무슨 의미가 있을까. 미안하지만 이제는 각자의 자리에서 잘 살아가는 게 더 편하다. 마음으로 늘 응원한다.

반면에 매일 연락을 주고받지 않아도 우리가 멀어진다는 느낌이 안 드는 사람들이 있다. 선물 없이 일 년에 한두 번 잘 지내냐 물어주는 말만으로 내 마음속 가까운 친구가 된 이들이 있다. 연락을 주고받지도 않고 생일을 챙기지도 않는데 내 책이 나올 때마다 구매해 인증해 주는 이들이 있다.

이상하게 그들이 훨씬 가깝게 느껴진다. 나의 깊숙한 곳을 살펴봐 주는 섬세함과 도움이 되고자 하는 기특한 마음이 내게 더 감동을 주나 보다.

자주 연락하자 다짐하면서도 때를 놓친다. 행사 시즌이나 원고 작업 기간엔 집중이 흐트러진다는 이유로 핸드폰을 잘 안 본다. 연애를 하면 아무래도 친구를 덜 찾는다. 마음이 힘들 땐 무기력을 이유로 누구에게도 신경 쓸 수 없다. 일도 고민도 없을 땐 또 무얼 하느라 바쁜지 시간을 잘도 버린다. 고작 몇 분의 안부가 왜 이리 어려운지. 그렇게 미지근하다 멀어져 버리면 '그렇게 될 인연이었다.'라며 자기 위안이나 한다. 얼마 없는 나의 에너지를 탓하며.

요란하지 않은 안부에 가득 차 있는 사랑을 나는 안다. 썼다 지웠다 한참을 고민하다 보냈을 그 결심을 안다. 그런 안부에 잘 살고 싶어진다. 시간이 흘러도 나를 찾아주고 물어봐 주는 사람이 있다는 사실은 내 삶을 더 가치 있게 만들어준다. 삶에 굴복하고 싶은 순간이 찾아올 때 무릎을 털고 일어나게 한다. 마음의 근력을 길러주나. 아무쪼록 그들의 사랑에 보답할 거라 다짐한다.

- 잘 지내? 갑자기 생각이 나서 연락했어.

이 말이 그렇게 좋다.
잊지 않고 안부 물어주는 마음.
언제든 같은 자리에 있어 줄 것 같은 고마운 사람들.
너희 때문에라도 잘 지내야겠다.

★
★
★

3
장

좋은 하루 보내세요

안아줄게

감히 어떤 말로도 당신의 아픔을 잘 아는 체할 수 없을 때 묵묵히 듣고, 바라보고, 가슴 아파하다가 이렇게 말해주고 싶다. 이 한마디에 세상에게서 받은 모든 긴장이 풀리고 상처가 아물었던 날이 내게도 있다.

사랑의 시작

밥을 먹고. 커피를 마시고. 말을 놓고.

술 한잔하며 시간 가는 줄도 모르고 대화해. 내가 산책을 좋아하니 같이 걷자고 하겠지. 한 바퀴만 더 돌자, 이 골목도 가 보자 하느라 두 시간이 더 지나. 그래도 오늘은 헤어져야 해. 아쉬움은 설렘으로 돌아오니까.

보고 싶은 영화가 있대. 사실 저번 주에 봤는데…. 그냥 안 본 척해. 사귀게 되면 말할 거야. 뭐든 거짓말은 싫으니까. 영화가 끝나면 열 시야. 밤 날씨가 좋으니 공원 벤치에 앉겠지. 취향을 공유해. 잘 맞는 부분이 많으니 놀라. 천천히 눈이 맞아. 머리칼을 쓸어 넘겨주네. 내가 너무 예쁘대.

핸드폰을 켜더니 네 친구 목록을 보여줘. 얜 이런 동생 얜 이런 선배. 혹시나 내가 신경 쓸까 봐 네 주변 사람을 설명하나 봐. 그 모습에 더 좋아진다. 밤은 깊어져 가.

우리 집으로 가자고 말해. 네 손 잡고 가는 동안 머릿속은 복잡해. 방은 다 치웠나. 향기가 날까. 내가 아무에게나 이런다고 생각하면 어쩌지. 집 도착. 스탠드 하나만 켜 두고 불 다 꺼. 편한 옷으로 갈아입어도 되겠냐고 물어봐. 커다란 반소매 티를 입고 나와. 맥주 두 캔을 꺼내고 보지도 않을 영화를 틀어. 그날 너랑 나는 연인이 돼.

이렇게 시작해도 괜찮겠어? 순수한 내 모습이 좋댔는데 불쑥 집에 데려와도 내가 안 미워?

사는 게 즐거워져. 서로에게 소중한 사람이 되었다는 사실은 선물이니까. 아침 일찍 눈이 떠지고 일도 재밌어. 조금 피곤한 날에도 널 볼 생각에 힘이 나. 거울을 보는 시간이 늘어. 꿈이 생기니 하루를 잘살아 보고 싶어져.

너도나도 바쁠 테니 쉬는 날만큼은 서로의 차지야. 어쩌다 일이 생기면 마음을 달래주고 평일에 잠깐이라도 데이트해.

맞지. 사랑을 하면 시간을 쓰지. 나는 예쁜 말도 선물도 좋지만, 함께하는 시간에서 가장 큰 애정을 느끼니 이런 네게 감사해.

우리 사진으로 모든 공간을 도배해. 날 자랑하는 네가 귀여워서 나도 눈치 보지 않고 널 자랑해. 가족 모임에도 널 데려가. 친구들에게 네 사진을 보여주느라 바빠. 너랑 있었던 일들을 자랑해. 그런데 누굴 만나고 와도 너랑 얘기하는 게 젤 재밌다.

이제 거의 날마다 붙어 있어. 결혼 얘기도 나눠. 나이도 있으니까 구체적인 계획이 오가. 나도 너라면 좋을 것 같아서 적극적으로 응해. 당장이라도 가능하다며 너스레를 떨어.

네 일상을 다 알아. 주변 사람도 다 알아. 오늘 뭐 하고 내일 뭐 하는지 다음 달에 꼭 가야 하는 일정이 뭔지도 내가 가장 잘 알아. 네가 요즘 힘들어하는 일이 뭔지 내가 가장 잘 알아. 꽂힌 음식이 뭔지 내가 가장 잘 알아. 둘이 하나가 된 느낌. 내가 이거 진짜 좋아하는데.

헤어지기 아쉽네.
원래도 그랬지만 요즘 더 그러네.

같이 살까 우리.

사랑의 끝

좀 다정하게 말해줄 수 없어? 말해줬는데 왜 까먹어. 넌 나랑 하고 싶은 게 없어? 매번 나만 제안하잖아. 그 언니 처음엔 괜찮았는데 지금은 거슬려.

읽기만 해도 피곤한 말을 네게 뱉어. 사랑할수록 불안한 날이 늘어가.

오래 안 가. 우린 대화를 많이 하니까. 평소처럼 잘 말하고 잘 들어주니 오히려 사랑은 돈독해져. '내가 속상하게 했네?', '나 아주 미웠겠다.', '다시는 그런 일 없을 거라 약속해.'

잘 풀겠지만, 이상하게 지칠 거야.

하지 않던 행동이 나와. 내가 싫어할까 봐 안 하던 것들을 이제 조금씩 하네. 변했어. 그럼 넌 또 아니래. 이게 변한 게 아니면 뭔데? 네 행동이 달라졌다고. 그냥 넌 날 전만큼 사랑하지 않는 것 같아. 다툼은 계속돼.

예전만큼 빨리 풀리지 않아. 자신도 없으면서 생각할 시간을 갖겠다는 말도 해. 날 잡아주길 바라면서. 이러면 안 되는데.

네가 달려와 주기를 바라고 있어. 넌 날 보러 와. 못 이기는 척 나가. 네가 날 안아줘. 못 이기는 척 안겨. 시간이 늦었으니까, 집으로 들어오라 말해. 침대에 누워. 그래도 너를 사랑해. 우리 잘 해낼 수 있을까.

무탈하다 했어. 네가 거짓말을 한 사실을 알게 돼. 너도 다를 거 없네. 눈 감을 성격은 아니니 너에게 따져. '그날 누구랑 있었어?'

넌 내가 아는 네 친구 이름을 하나 대겠지. 그럼 나는 다 알고 있으니 다시 말하라고 해. 다른 사람도 있었잖아.

말하면 싸울 것 같았대. 나를 위해서 안 했대. 난

말해. 그딴 핑계 필요 없어. 결국 널 위한 거짓말인 거야. 그리고 너에게 처음으로 못된 말을 해. '최악이야.' 고작 이 정도의 표현밖에 못 해. 그마저도 그날 밤 화해하며 사과해.

'아까 최악이라고 말한 건 내가 미안.' 난 너한테만 약해.

합리화해. 근데 오래 못 가. 깨진 믿음은 어쩔 수 없다잖아. 그날 이후 거의 매일 싸워. 나한텐 보상 심리가 생겨서 네가 조금만 못해도 화가 나. 불안한 맘에 몰아붙여. 너는 지쳐…. 어쩌다 이렇게 됐을까. 짜증 난다.

미움은 자책으로 이어져. 내가 조금 더 맘이 넓은 여자였다면. 아니 네가 좀 더 세심했다면. 그날 네가 거짓말만 안 했다면. 아니 내가 조금만 더 쿨했다면. 나는 너를 사랑해서 괴로워.

지겹게 싸워. 밖에서 싸우는 거 최악인데. 잘 풀어 보자고 대화하다 또 싸워.

여행 가는 길에도 싸워. 겨우 풀고 놀다가 또 싸워. '자기야 저기 봐…. 해가 저렇게 붉게 지는데 우리 왜 이러고 있니. 얼른 사랑한다고 말해주고 싶은데.' 속으로만 중얼대.

안 풀고 집에 돌아와. 그런 날은 늘어가. 몇 달이 더 흘러.

어느 날엔 정말 차분해. 고요해. 너 출근할 때 내가 현관까지 안 나가. 아무리 다퉈도 함께 일어나 그 앞까지 함께하던 난데. 평소였음 걱정할 넌데 아무 말이 없어. 아침마다 하던 포옹도 오늘은 없어. 너도 알지? 마지막이겠다 우리.

널 미워해. 넌 날 외롭게 했어. 다 가짜였어. 어쩐지 처음부터 만나기 싫었어. 하도 좋다 해서 만났는데. 내 사랑이 커지니까 오만을 떨었다며 되지도 않는 혼잣말을 해.

그래도 친구들한테는 말 안 해. 다시 만나게 될지도 모르니까. 네 욕을 하고 다시 만나면 친구들이 이제 네 편 안 들어줄까 봐.

이상하다. 넌 나 없이 잘 지내. 내가 싫어하던 자리에 나가며 잘 지내는 일상을 공유해. 내가 질투하던 그 언니도 만나. 내가 오해할 수 있는 사진도 아무렇지 않게 올려. 가슴 아픈 걸 참아내며 끝까지 본다. 시간이 지나면 감사할 거야. 언제나 그랬듯이.

언제나 그랬듯이. 그렇게 나는 이별을 받아들여.

한동안은 그럴 거야. 누구랑 있을까. 연락하는 사람이 생긴 것 같다. 새로운 사람이 늘었네. 풍부한 상상력에 돌아버릴 거야. 질투 날 거야. 화도 날 거야. 나만큼 힘들어하지 않는 네 모습에 자존심 상하고 비참할 거야. 넌 여전히 잘 지내네.

사랑이 싫어질 거야. 누굴 만나도 진지하지 못할 거야. 덜 사랑하고자 노력할 거야. 좋을 때의 너와 비교할 거야. 방어기제는 또 다른 아픔을 불러낼 거야. 그걸 깨달으니, 이번엔 진짜 혼자가 편할 거야. 묵묵히 일을 하고 못 만나던 사람들을 만나며 그 생활을 즐기게 될 거야. 꽤 오래 그럴 거야.

너는 두려울 거야.

기억력

작업하러 나갈 거라는 내 말에 친구들은 이렇게 질문한다. '오늘도 그 카페에 가는 거지?' 안 봐도 뻔하다는 듯이 행선지를 알아맞히는 모습에 즐겁다.

나를 떠올리면 자연스레 따라오는 것들이 좋다. 밥을 먹으러 갔을 때 버섯 메뉴는 당연히 제외해 주는 것이나 카페에 가면 아이스아메리카노를 마실 건지 맑은 차를 마실 건지 물어봐 주는 거, 잔꽃 무늬나 토끼를 보면 내가 떠오른다고 찍어서 보내주는 거. 뭐 하나 진득하게 붙잡고 늘어지는 사람에게 이만큼 보람 있는 순간은 없다. 사랑하면 기억한다.

누가 좋아지면 그 사람의 취향을 기억해 주고 싶

다. '너 이런 거 좋아하잖아.', '전에 이거 거의 다 쓴 것 같길래 선물로 하나 샀어.', '그 영화의 두 번째 시리즈가 이번 겨울에 나온대! 보러 갈까?', '너 이거 못 먹으니까 두 번째 메뉴로 하자.' 생색 없이 담백하게 전하고 싶다. 삶은 내게, 좋아하면 기억해 주는 것이라 가르쳐 줬으니까.

기억력이 좋다고 신기해하는 너를 보며
살짝 웃다가 나는 원래 기억력이 좋은 사람이
아니라고 말해주고 싶다.
다른 사람이 말하는 건
하나도 담지 못한다고 말해주고 싶다.
이건 다 내가 사랑해서 할 수 있는 일이라고
자꾸만 힌트를 주고 싶다.

신중하게 멀어지기

연애 4년 차에 접어든 친구가 고민을 털어놨다. 직장 동아리에서 알게 된 타 부서 직원이 잘해준다는 거다. 남자 친구는 미지근하고 심심한데 그분은 볼 때마다 나를 궁금해한다고. 질문을 쏟아주니 마음에도 바람이 분다고. 지금처럼 회사 생활에 지쳐 있을 땐 그의 질문이 기다려지기도 한다고 했다.

그 애의 남자 친구와 함께 밥을 먹은 적도 없지만 오다가다 한 번씩 얘기를 들었기에 가만히 듣고만 있을 순 없었다.

“그 사람은 널 얼마 안 봤잖아. 네게 잘 보이려고 하겠지. 잘 생각해 봐….”

사람은 누구나 처음에는 착하고 친절하다. 거리가 멀수록 그 친절은 오래 유지된다. 정확히 말하면 오래 유지되기보다는 바닥을 보일 일이 별로 없는 것이다. 나쁜 모습을 들킬 상황이 적은 것뿐이다.

자주 간과한다. 가까운 사람에게 정말 너무하다고 생각하는 중에 새로운 사람의 친절을 발견하면 나도 모르게 비교하고, 갈망하고, 흔들린다. 잠깐의 좋은 감정에 다른 마음으로 이사를 가지만 결국 '이 사람도 똑같구나. 그때 나는 너무 어리석었다.' 후회를 하기도 한다.

연인의 관계에만 적용되는 이야기가 아니다. 가족을 대할 때도, 친구에게 서운해질 때도, 동료에게 불만이 생길 때도 잠시 멈춰서서 생각을 해볼 필요가 있다. 지금 나에게 당연해진 그 사람도 언젠가는 지금의 설렘을 줬을 것이다. 내게도 그의 장점만 보이던 콩깍지의 시기가 있었을 것이다.

그렇다면 이제, 어쩌면 그의 태도보다는 나의 시선이 바뀌지 않았을까?

익숙함에 속아 소중함을 잃지 말자는 말을 알았지만 잘 몰랐다. 의미는 알았으나 피부로 느끼지는 못했다는 거다. 나조차도 멀리 있기 때문에 오히려 예뻐 보이는 것들에 환상을 심어두고, 가까운 곳의 단점에 예민하게 반응한 순간이 많았다. 절대 그럴 일이 없을 거라 말했지만 지켜내지 못했다.

바라는 것이 많으니 미워 보이는 것이지 아주 못된 사람은 아닐 거라고 감히 말해 본다. 물론 내게 유해한 사람도 있겠지만, 너무 가까워서 너무 익숙해서 장점이 가려지지 않았을지 생각해 볼 필요가 있다.

신중하게 멀어지시기를.

둘만 아는
목소리로

비록 우리는 멀어졌어도, 서로에게 상처가 될 어떤 것들을 하고 죽도록 싸웠어도, 증오한 적 있어도, 나 없이 이루어 낸 너의 성공을 질투한 적 있어도, 함께 나눈 대화가 좋았다는 사실은 달라지지 않는다. 그런 것들은 자꾸 생각난다. 이제 와서 어쩌자고.

좋은 하루 보내세요

일상을 공유하는 사이가 아니거나 끼니를 걱정하는 말조차 조심스러운 관계에서 가장 많이 하는 말이다. 이쯤 마무리해야 덜 부담스럽겠지, 싶은 타이밍에도 꺼낸다. 가장 조심스럽고 따뜻한 말이 아닐까? 그렇다고 아무에게나 하지는 않으니까.

좋은 하루 보내라는 말은 정말 예쁜 사랑 같다. 가장 조심스럽고 따뜻한 마음 같다.

너는
좋은 사람이니까

사람은 자신이 받고 싶은 방식으로 상대에게 사랑을 준다고 한다. 예를 들어볼까.

나는 늘 충분히 설명한다. 물어봐 주는 것도 사랑이지만 묻기 전에 알려주는 게 더 사랑 같아서. 일상보다는 위기의 상황에 잘 쓰인다. '네가 오해할 것 같아서 설명하자면…', '내가 오늘 이런 일이 있었는데 아무래도 먼저 말해주는 게 좋을 것 같아서.' 이런 식이다.

친구 A는 아무리 사랑하는 사람이어도 자신만의 시간과 공간이 중요하다고 한다. 쉬고 싶은 날이나 개인적으로 힘들 땐 건들지 않으면 좋겠다고. 만나는 사람에게 그런 일이 와도 그 애는 가만히 기다린다. 본인에게는 그게 사랑이니까. 그 애에게 그런 날이 올 때 그 남자도 그래 줬으면 좋겠기에.

이것저것 설명할 힘도 없이 힘들 때가 있다. 말하는 것만으로 고통이 더해져서. 그냥 아무도 나를 찾지 않았으면 좋겠는 날이 있다. 그러면서도 누가 찾아 주기를 바란다. 누구에게도 털어놓지 못하고 방 안에만 있다면 분명 외로울 거고, 외로우면 아플 테니까.

어떤 일이 있었는지 조용조용 묻다가 그저 가만히 어깨 내어주었으면 좋겠다. 울면 조용히 안아줬으면 좋겠다. 근데 그 품이 넓고 따뜻한 거. 나를 믿어주는 거. 그런 것들을 바란다. 그러니까.

너 힘들면 내가 있어 줄게. 울면 안아줄게. 달래줄게. 어디든 함께 떠나줄게. 나만은 네 말 믿어줄게. 너는 좋은 사람이니까. 정말 좋은 사람이니까.

수선

지금은 조금만 신어도 새로운 양말을 잔뜩 들이지만, 아주 어릴 땐 있을 수 없는 일이었다.

구멍이 나면 엄마가 거실 한쪽에 앉아 그걸 꿰매줬다. 양말과 같은 색의 실을 골라 바느질한다. 3분 정도 지나면, 언뜻 볼 때 헌 양말이 새 양말이 된다. 어린 나의 눈엔 엄마가 꼭 의사 선생님 같았다.

돌아보면 엄마는 그 무엇도 쉽게 버리지 않았던 것 같다. 아주 사소한 것이라 할지라도 고칠 수 있는 만큼 고쳐서 새 생명을 불어넣어 주었다. 찢어져 못 입게 된 옷으로 만들어 준 모빌, 우유갑 수납함, 어쩌다 세 가지 천이 섞인 오래된 이불, 구멍이 나면 꿰매주던 양말의 하얀실 박음질.

그리울 때가 있다. 나에게는 그저 쓰레기로만 보이던 물건을 씻고 자르고 이어 붙여 멋진 물건으로 만들어내는 엄마 손길이 그냥 버리지 않고 뚝딱뚝딱 손을 봐서 생명을 불어넣는 순간이. 없어 보인다며 극구 말리다가도 정말 새것처럼 깔끔해지면 벌떡 일어나서 박수를 치던 순수한 시절이.

요즘 나는 너무나 쉽게 무언가를 버린다. 세탁하거나 고쳐쓰기 귀찮다는 핑계로 외면한다. 한두 번 입고 버리면 되지 않을까 하는 마음으로 옷을 산 적도 많다. 엄마의 잔소리에 내가 벌어서 내가 쓰는 건데 뭐가 문제냐며 철딱서니 없는 소리를 하기도 했다. 하지만 이제 좀 알 것 같다. 정말 없어 보이는 건, 닳은 것을 고쳐 쓰는 것이 아니라 나처럼 가진 것도 없으면서 겉멋만 든 게 아니었을까….

가방에 넣고 다니던 손거울의 손잡이가 깨졌다. 그냥 버릴까 하다가 접착제를 가져와 본다. 7초 정도 기다렸다가 가져다 대니, 딱 달라붙는다. 언제 부러졌냐는 듯이. 몇 초 들였을 뿐인데 처음과같이 돌아가는구나. 잃을 수도 있던 것이 되살아나니 더 애틋해지는 것 같기도 하다. 역시 귀찮음은 잠깐이다.

모든 것을 소중히 여기던 엄마의 사랑을 부족한 솜씨로 따라 해 보아야지.

그럴 거라 믿어

언제부터인가 좋고 나쁜 소식을 상대가 먼저 전하지 않을 때 내가 질문하는 것이 실례일 수 있겠단 생각을 했어. 사람이 늘 특별한 일을 만날 수도 없고 가끔은 자신이 초라하게 느껴지기도 하니까. 괜한 연락으로 잘 지내야 하고 무언가를 이루어야 한다는 강박을 주게 될까 봐.

잘 지내고 있지?

연락이 없을 땐 너무 평범하게, 무탈하게 지내고 있나 보다. 라는 마음으로 멀리서 응원하고 있을게. 기다릴게. 나쁜 일만 없기를.

신경 쓰지 않아도 돼

전화가 온다. 빠르게 핸드폰을 엎는다. 잠금 버튼을 한번 누르니 진동도 멈춘다. 앞에 앉은 사람은 이 움직임을 신경 쓰는 듯하다. 그러나 나는 동요하지 않고 그의 눈을 조금 전보다 깊게 바라본다. 눈썹을 한번 올렸다 내리며 고개를 천천히 휘젓는다. 말을 잘 듣고 있으니 신경 쓰지 않아도 된다는 신호이다.

내가 한 사람을 잘 사랑하고 싶을 때 쓰는 방법이다. 여기에서 말하는 사랑은 연인에게만 적용되는 것이 아니다. 사랑하는 동료, 사랑하는 선배, 사랑하는 가족이 될 수도 있다. 소중한 사람과의 일대일 약속에선 핸드폰을 잘 안 본다.

정말 빠르게 답변해야 할 일이 있을 땐 미리 양해를 구한 후 답을 하는데, 그러면 상대방은 정말 괜찮으니 편하게 연락하라는 말을 해 준다. 그럼에도 길게 만져야 할 때나 전화를 받아야 할 땐 다시 한번 얘기하는 편이다.

핸드폰을 본다고 뭐라 할 사람이 아니라는 것을 안다. 게다가 나는 평소에 어떤 방식으로든 이 사람에게 진심을 보여 주었으니 잠시 누군가와 연락을 주고받는다 해서 서운해할 일 없다는 것도 잘 안다. 그럼에도 굳이 다시 말하는 것은 나에게 중요한 사람이기 때문이다. 설명하지 않더라도 이해받을 수 있는 일이지만 굳이 양해를 구하며 한 번 더 신경 써 준다면 조금 더 기분 좋으니까.

처음 누군가를 만나는 자리에서는 이런 것을 관찰하는 편이다. 나를 성의 가득히 대하고 있는지를 말이다. 그것은 나와의 약속을 얼마나 자주 제안하는지 지켜 봄으로써 확인할 수 있고 전에 나눈 대화를 얼마나 잘 기억하고 있는지 들음으로써 알 수 있다. 또 함께하는 시간에 집중하는 모습으로도 느낄 수 있다. 잠시만 기다려줄 수 있겠냐는 말과 함께 업무 연락을 주고받는 모습을 보면 왠지 배려받는 느낌이 들어 좋다.

무얼 기다리는지 시계를 수도 없이 보는 사람, 누군가와 계속해서 연락을 주고받아야만 마음이 편안한 사람이 많은 세상에서 나와 같은 태도로 자리에 임하는 사람이 있다. 그럴 때 반갑다. 다른 부분에서도 나와 같지 않을까 하는 기대감은 덤이다.

'좋아해요.'라는 말을 좋다는 말 없이 표현하라 하면 나는 이 방법을 쓰겠다. 그 시간에 온전히 집중하는 것. 더 구체적으로는 시계를 자주 보지 않는 것. 대화를 나눌 때 눈이 배경으로 자주 옮겨 갈 일도 없게 하는 것. 급한 일이 생겼을 땐 정중히 양해를 구하는 것. 이 자리보다 중요한 것은 지금 내게 없다는 것을 표현하는 것. 그 시간만큼은 그 사람에게 선물하는 것.

사랑은 참 구석구석 특별하다.
돈을 쓰는 일도 아니고
땀을 뻘뻘 흘려야 하는 일도 아닌데
한 사람을 감동하게 할 수 있다는 점에서 말이다.

불면

잠에 들기 어려운 날이 있다. 설레는 일을 앞에 두고 마음이 붕 떠 있을 때도 그렇고 고민되는 일이 있을 때도 그렇다. 이유 없이 잠이 안 오는 날도 있지만 대부분은 이유가 있다. 나는 내가 어떨 때 푹 자는지 안다. 어떤 날에 뜬눈으로 밤을 지새우는지도 잘 알고 있다.

밤을 새운다고 고민이 해결되는 것은 아니지만 몸이 그런 것을 어쩔 수가 없다. 그런 날에 내가 할 수 있는 것은 자책이 새벽을 채우지 않도록, 계속해서 나를 속이는 거다. 뭐라도 하며 들뜨지 않은 채로 소란하지만, 고요한 노력을 한다.

잠에 들지 못하는 것을 큰일이라고 인식하는 순간 불면과는 별개의 마음이 또 불안해진다. 그럴 땐 그저 오늘 같은 날도 있는 거지,라는 말과 함께 나를 다독인다. 책을 읽거나 보고 싶던 영화를 봐도 좋다. 그런 것들로 내 새벽은 고즈넉이 채워진다.

누군가와 문제가 있을 때 하루를 잘 안 넘기려는 이유도 편히 잘 수 있기를 바라는 마음에서다. 고민이 그의 밤을 방해하는 것을 원하지 않아서. 눈 뜨자마자 마음이 무거울 것이 싫어서. '괜찮으니까 걱정하지 말고 푹 자. 우리 정말 잘 자자.'

걱정을 청소해 준다. 잘 잤으면 좋겠다는 마음이 사랑이 아닐까.

잠이 안 온다. 오늘은 이유를 아는 불면이다. 그럼에도 마음은 잔잔하다. 애쓰고 있기 때문이다. 잠이 안 올 만큼 무언가에 에너지를 쏟고 있을 내 마음이 가여워 보채고 싶지 않다. 이번에도 역시 그냥 그런 날인가 보다, 하며 새벽을 잘 견뎌 보기로 한다. 걱정하는 일이 잘 해결되기를 바라면서. 이렇게 아침이 되면 내일은 조금 힘들 수 있지만 모레는 조금 더 빨리 잠에 들 것이니 괜찮다.

농도 짙은 마음

하루 종일 고민하며 편지를 썼다. 이런 말은 상대에게 상처가 될까. 이 문장은 뒤로 보내는 게 좋겠다. 썼다 지웠다, 내 마음을 잘 전하고 싶어 긴 시간을 보낸다. 전송 버튼 앞에서 또 한참을 머무른다. 숨을 마셨다 뱉었다 한다. 손을 꽉 쥐었다 폈다 한다. 하나, 둘, 셋. 눈을 질끈 감고 보내니 곧바로 읽음 글자가 사라진다. 너도 마음이 많이 힘들었을까? 라는 생각이 다 끝나기도 전에 답장이 온다.

그래.

긴 고민의 시간이 초라해졌다. 빠르고 간결한 답

장에 그렇게 됐다. 글을 다 읽기에도 부족한 시간인데. 심지어 말만 그래 일 뿐, 그가 내 말을 잘 이해했을 리도 없다. 잠시 서운하던 마음이 깔끔해졌다. 그의 잘못도 아니고 내 잘못도 아니다. 우리가 너무 다른 사람인 탓이다.

'그냥'이 없는 사람이 좋다. 정성을 담을 줄 알고, 의미를 찾아낼 줄 아는 사람만이 가진 위대한 능력을 알고 있어서다. 어떤 순서로 말해야 따뜻할지, 어떤 단어를 골라야 오해 없이 전달될 것인지 심사숙고하는 모습이 좋다. 누군가가 어렵게 고민해 뱉은 말을 절대 그냥 넘기지 않는 세심함도. 말을 잘 전하기 위해 기억을 꼭꼭 저장해 놓는 꼼꼼함도 좋다.

어쩌면 온도보다 중요한 것은 농도 같다. 냉정한 말이라 할지라도 날 위해 고민한 흔적이 보이면 애정이 느껴지기 때문에.

단 한마디의 말을 위해 많은 마음을 우려내는 사람이 있다. 후회가 남는다면 늦게라도 찾아가 그 말의 의미를 설명하는 고운 마음씨의 사람이 있다. 나는 그런 마음을 본 적이 있다.

겨울잠

기분 전환 겸 4년 전 플레이리스트를 꺼내 들었다. 그땐 그랬지, 하며 하나하나 들어 넘기다가 한 곡에서 마음이 멈춘다. 곧바로 반복 재생 버튼을 누른다. 유독 어느 가사가 귓가에 내내 맴돈다. 헤어져야 사랑을 안다는 이야기. 이런 의미였구나. 그땐 미처 몰랐는데. 맞아. 이별로 사랑을 배웠던 것 같다.

좋아하는 가수의 콘서트에 가서 이런 말을 들었다. 어둠을 알아야 빛이 밝은 줄 알고 슬퍼 봐야 이게 행복이구나 깨닫는다고. 그러니 힘든 일이 있어도 더 좋은 날을 위한 걸음쯤으로 생각하시라고. 그의 말이 좋아서 집에 돌아가는 길에 곱씹어 봤다. 그리고 그런 것들이 또 뭐가 있을까 생각해 봤다.

마냥 억울하게만 느껴지던 일들이 지금의 나를 완성했다. 이별이 아니었다면 사랑을 몰랐을 거고 무너진 적 없다면 일어나는 방법을 몰랐을 것이다. 크게 아픈 적 없었다면 지금 이렇게 건강하게 사는 하루하루에 감사하지도 못했을 것이고 매일이 행복하기만 했다면 별일 없는 일상의 소중함을 평생 모르며 살았을지 모른다. 그렇게 생각하니 포기할 이유가 없다.

비극은 꼭 그림자나 새벽이나 겨울이나 어둠 같다. 밝고 따뜻한 것을 더 밝고 따뜻하게 느끼기 위해서 꼭 필요한 것이니 말이다. 안 좋은 일이 벌어졌을 때 그것을 끝이라고 여겨 낙담하지 않기로 한다. 그런 날들은 곧이어 찾아오는 행복을 더 반갑게 맞을 수 있게 하니까. 당연한 과정임을 받아들이면 버틸 힘이 생긴다. 그게 생기면 어떤 일에도 나 자신을 포기하는 일만은 피할 수 있다.

돌릴 수 없는 것들에 대해 고민하느라 시간을 낭비할 일 없기를 바란다. 다시 밝아질 것이라는 경험이 있으니 조금만 더 버텨주기를 바란다. 내게 온 일을 부정하는 겁쟁이가 될 일은 없기를 바라고 혹여나 긴 싸움이 되더라도 끝내 극복할 힘이 남아 있기를 바란다.

나

자주 싸우지만, 곧잘 푸는 사람이 있다. 내가 아무것도 아닐 때도 곁을 지켜준 사람이 있다. 세상 어느 것도 내 편이 아니었는데, 이 미미한 가능성을 믿어 준 사람이 있다. 답답한 내 선택을 모두 인내해 준 사람이 있다. 미울 법도 한데 계속해서 따라오는 사람이 있다. 못난 마음에 다시는 보지 말자며 돌을 던져도 내 뒤를 쫓아와 준 사람이 있다. 그렇게 어떤 일에도 날 포기하지 않은 사람이 있다. 때로는 잘못된 선택으로 내가 몹시 아프게 한 사람이 있다. 돌아보니 누구보다 힘들었을, 돌아보니 누구보다 나를 사랑했을 사람이 있다. 누구에게도 말하지 않은 일까지 알고 있는 유일한 사람이 있다. 그 비밀을 끝까지 지켜주는 사람이 있다. 다른 일 다 버리는 한이 있더라도, 절대 놓지 않겠다고 장담할 수 있는 사람이 하나 있다.

놓을 수 없는 사람

포기하면 편해. 친구가 내게 말했다. 왜 넌 왜 매사에 끈질김이 없는 거냐며 그 친구에게 툴툴댔다. 나는 그런 속 편한 소리가 조금 밉다. 나에겐 그럴 용기가 없으니 부러운 마음인 것일 수도 있다.

꼭 오늘이 아니더라도 살면서 이런 말을 들을 일은 더러 있다. 좀처럼 해결되지 않는 일에 머리를 싸맬 때, 쩔쩔맬 때, 가슴 아파할 때마다 그랬다. 사람들은 이런 얘기도 한다. 기대하지도 말고 약간의 의심은 하고 살아가라고. 그러려니 내버려두라고, 그럴 사람은 어차피 그럴 사람이었던 거라고.

주어진 모든 시간을 투자해도 끝나지 않던 고민을 남들은 어쩌면 이렇게 간단하게 끝낼까? 당신 같은 사람들 때문에 나같이 복잡한 사람들의 마음이 더 아픈 게 아닐까 싶어 잠깐 원망스러워진다. 나는 사랑이 깃든 것에 무관심하고 그것을 쉽게 놓는 일에는 재능이 없기 때문이다.

그 애 말이 맞을 수도 있다. 마음을 내려놓고 상황을 받아들이면 결국 괜찮아진다는 것을 나도 안다. 초반의 괴로움을 버티다 보면, 어느 시점부터는 감정이 완전히 정돈되는 느낌을 받게 된다는 것도 경험한 사실이다. 그럼에도 마지막 한 가닥 놓는 일은 버겁다. 도무지 놓을 용기가 안 난다.

포기하는 것에 더 에너지를 많이 써야 하는 사람이 있다. 포기하고 나서의 시간이 더 괴로운 사람이 여기에 있다. 아끼는 것을 놓고, 외면하고, 포기할 바에야 나를 외면해 버리는 게 속 편한 사람. 쥘 때의 외로움보다 포기해서 겪는 슬픔이 더 크다고 판단해서. 가진 사랑을 그렇게 써야 직성이 풀리는 사람이 있다.

어떤 대상과 완전하게 이별하기 전까지는 내가

가진 모든 것을 걸어보고 싶다. 내 길이 아니면 어쩌나, 우리가 인연이 아니면 어쩌나 싶어 불안한 마음이 오더라도 될 대로 되겠지, 하며 외면하고 싶지는 않다. 뜨겁게 사랑하고, 깔끔하게 관두는 것. 나에게는 그런 노력이 잘 어울린다.

사람들이 내게 무관심하지 않기를 바란다. 생각이 다르면 마주 보고 앉아 대화하기. 네 마음이 그랬구나, 이제라도 알아서 다행이라는 말과 함께 서로를 기꺼이 이해하기. 오해가 될 일은 바로 확인하기. 서운한 게 있으면 바로 얘기하기. 따끔한 말도 해 주기. 필요한 다툼이라면 기꺼이 받아들이고 현명하게 헤쳐 나가기. 사이좋게 영글어가기.

겁내지 않을 필요

대학 졸업을 앞뒀을 즈음, 어느 선배에게 연락이 왔다. 중요한 프로젝트가 있는데 여름이 네가 해 보지 않겠냐는 제안이었다. 감사하나, 아직은 준비가 안 됐다고 대답할 수밖에 없었다. 정말 그랬으니까. 그녀는 그 후로 몇 번 더 나를 설득하러 왔지만, 나의 답은 같았다. 바로 다른 이에게 갈 것이라 생각한 기회가 자꾸만 내게 오는 것에 왠지 모를 경계심이 생겼다. 더욱 겁이 났다. 그리고 나는 크게 후회했다.

일어나지 않은 일에 겁먹은 날이 많다. 그냥 하면 될 일에도 몇 번을 멈춰 서서 골몰하는 내 모습이 싫은 적도 많다. 고민이 길어질수록 용기가 줄어든다는 것을 알면서도 혹시나 하는 마음에 걸음을 멈추기도 했다.

그렇게 놓쳐버린 일이나 사람이 실은 내게 가장 필요한 사랑과 결과를 줬을지도 모른다는 생각에 아쉬워진다. 그것들을 떠나보내고 선택한 것들이 썩 대단한 것도 아니었으니 더욱 그렇다. 좋은 것들을 찾겠다고 신중하다가 자주 덜한 것을 골랐으니까. 내가 생각하기에 이 정도면 부담 없이 할 수 있겠다 싶은 것들. 그것은 나에게도 그 대상들에게도 예의가 아닌 행동이었다.

덜 사랑했다면, 덜 간절했다면 그렇게 겁먹을 일이 아니었을지 모른다. 너무 괜찮은 사람이라 여러 변수를 적용해 보고, 너무 좋은 일이라 내가 감당할 수 없을 것만 같고, 말도 안 되는 기회라 도리어 부담스러웠던 날들. 좋아해서. 사랑해서. 잘 해내지 못했을 때 느끼게 될 두려움이 더 크게 다가오나 보다. 당연히 해낼 수 있을 것에만 발을 들이는 내 모습이 얄밉기도 하다.

불필요한 말풍선은 용기를 갉아 먹는다. 정말 큰 것을 잃어 봐야 고칠 수 있으려나.

그렇지도 않으면서

너는 그렇게 혼자 울어놓고 바깥에선 해맑은 사람. 걔 걱정만 하지 지 서러운 건 꼭꼭 숨기는 사람. 남 힘든 건 못 참으면서 자기 아픔은 아무에게도 말 못 하는 사람. 진지한 모습이 남에게 부담을 줄까 봐 괜히 애처럼 굴어보는 사람. 집에 오면 혼자 힘들어하는 사람. 너는 글 안에서만 너다운 사람. 거짓말이 싫다면서 거짓말하는 사람.

아름다울 때, 이별

이별해야 맞는 건데 잘 안됐다. 첫 이별, 그러니까 우리가 침착하게 문제에 대한 대화를 나누고 '헤어지자.'라는 얘기를 주고받은 그날 방 안에서의 장면이 마지막이 맞았다면 조금 더 아름다운 기억이 되었을지 모른다. 얼마나 대단한 사랑을 해 보겠다고 다시 만나서는, 얼마 가지도 못할 노력을 하겠다고 함부로 약속하고. 또 누군가를 속이고. 용서하고. 울고 후회하며 서로를 찾아가 드라마를 찍었다. 정말 헤어지던 날에는 너무 슬펐다. 너무너무 슬펐다.

'2년을 만난 사람이 있어요. 좋았는데…. 너무 달라서 헤어지기로 했어요.'라고 설명해도 될 뻔했을 관계가, 그 오기 탓에, '3년이나 만났어요. 하나부터 열까지 안 맞았죠.'라며 열을 내야만 말할 수 있는 관계가 돼 버렸다.

마음에 생채기를 내면서도 우리가 끌어안고 가고 싶은 일은 무엇이었을까? 현재의 사랑일까, 과거에 대한 미련일까. 아마도 후자 같아서 더 아프다. 과거를 놓지 못하니, 미래가 없는 일이라는 것을 알면서도 아닐 거라며 부정하고 있었다. 내 사랑을 방해하는 잡념을 물리치기 위해 고군분투했다.

끝까지 함께한다면 좋지만, 내 길이 아니라는 확신이 들면 아름다울 때 매듭을 지어볼 필요도 있다. 일찌감치 포기한다고 해서 무조건 무책임한 것은 아닌 것 같다. 그냥 사랑을 사랑답게 마무리하기 위해서 내려야만 하는 결정일지도 모른다. 어찌 보면 다른 형태의 사랑일 것이고.

그냥 실패가 아니었지. 나 같은 애들은 아무리 밤을 새워 연습해도 재능이 없어서 그걸 못 하다니. 그러니까. 결국 백날 노력해도 안 될 거라는 말이었지. 노력으로 이길 수 없는 일에 대한 무력감.

그냥 이별이 아니었지. 끝이 아주 지저분했으니

까. 화가 나서 그랬다 했지만, 그 기억은 너무 무거워서 내 마음 아주 깊은 곳에 박혀 버렸지. 그렇게 사랑해도 서로를 증오할 수 있다는 것까지 배웠지. 정신 차리고 보니 시간이 많이도 흘렀을 때 느껴진 허탈함.

박수칠 때 떠날 것을 그랬나.

친구

밤 열두 시에 출발하는 버스를 타고 금강산에 갔다. 정상에서 보는 일출이 궁금해져서. 늘 바다 마을에서만 그걸 봤지 정말 산을 올라서 본 적은 없는 것이 아쉬워서. 별이 환하다. 역시 강원도지. 감탄하고 있으니 새벽 산행에 대한 겁은 사라진 지 오래다. 그렇게 산행은 시작됐다.

들뜬 마음으로 좁은 길에 들어섰다. 왼쪽으로 꺾었다가, 오른쪽으로 꺾었다가, 계단을 올랐다가, 나무 사이를 지나쳤다가, 곱게 길이 난 흙길을 밟기도 하며 천천히 오르다 보니 슬슬 해도 뜨기 시작했다. 30분이 지나니 허벅지가 터질 것 같고 땀이 줄줄 흘렸다. 종로에서 술 마시고 영등포 집까지 네 시간 반도 거뜬히 걸어 다니는 난데, 등산은 훨씬 고통스러운 것 같다. 경사가 주는 아픔은 크다.

친구가 포기를 선언하면 못 이기는 척 같이 내려가 줄 마음도 있었는데 그녀는 묵묵히 오르고 있다. (후에 대화를 나눠보니 그녀도 나와 같은 생각을 하며 괴로워했다고 한다.) 집중을 깨뜨리기 싫어 나도 다시 앞을 보고 나아갔다.

포기를 고민하다 각성하기를 반복하며 마음속으로 노래 몇 곡 부르다 보니 어느덧 정상이다. 사진으로만 보았던 풍경이 눈앞에 놓여있다. 자연은 위대하다. 힘든 것이 싹 사라졌다.

하산 후에는 트래킹을 시작했다. 해파랑길 47번 코스. 삼포 해변을 지나 송지호 해수욕장, 왕곡 한옥 마을을 거쳐 가진항에 도착하는 여정이다. 땡볕 아래를 걷는 일이라 더워도 너무 더웠지만, 바다가 보이고 산이 보이고 작은 마을이 보이니 지칠 일은 없었다. 천천히 구경하고 얘길 나누며 세 시간 정도 걸으니 또 마지막 지점에 도착했다. 이렇게 빨리 끝나나 싶어 아쉬울 정도로 평지를 걷는 일은 내게 쉬웠다.

한 번도 해본 적 없는 일에, 갑자기 하고 싶단 이유로 뛰어들었다. 46시간 무수면의 상태로 말이다. 몸은 조금 피곤했으나 마음이 아주 풍요로워 괜찮다. 또 하나의 일을 해냈고 그런 내가 기특해서.

무엇보다 지금 옆자리에 앉아 잠에 든 친구의 덕이 크겠다. 하고 싶은 게 많은 내가 무언가를 제안할 때마다 마다하지 않는 사람. 그녀는 늘 그랬다.

'나 오늘 힘들어. 너희 집 가서 자고 싶어.' 하면 몇 시에 올 거냐고 묻는 여자. 예쁘게 갠 잠옷을 올려놓은 침대를 선뜻 내어주는 여자. 겨울에만 볼 수 있는 풍경이 있다며 운전대를 잡고 얼음 축제에 데려가던 여자. 매일 작업실에 박혀 조용히 일하는 내게 가끔은 북적북적함도 경험해야 한다며 야구 경기 티켓을 두 장 예매하던 여자. 학교에서 아이들을 가르치고 왔으니 나보다 피곤할 텐데, 괜찮냐는 물음에 환하게 웃으며 토마토 베이글을 건네주는 여자.

'떠나자!' 하면 기꺼이 응해주는 친구가 몇 명 있다. 이런저런 이유로 도전을 머뭇댈 법한데 둘이라면 해볼 만하겠다며 나의 손을 잡아주는 사랑 가득한 마음들. 그런 친구들은 또 별로 예민하지도 않아서 부딪힐 일도 없다. 더워도, 추워도, 피곤해도 지금의 시간이 귀한 것을 알아서 즐길 줄을 아니 함께하는 인생 여행이 즐겁기만 하다.

동행할 누군가가 있다는 사실 하나만으로 나는 조금 더 용감해진다. 그것이 겁이 나는 일이라 해도 말이다. 한없이 계획적이다가도 이렇게 하고 싶은 일이 생기면 즉흥적인 나의 모든 선택에 함께해 주는 사람들이 있음에 감사하다. 템포가 맞는 이들이 내 세계에 들어와 있다는 것이 참 좋다. 둘이라 가능한 일이 많았다.

산다는 것은 참, 혼자만은 해내기 힘들다. 아플 때마다 혼자 밥을 지어 먹고 약을 챙겨 먹어야 했다면, 무언가를 잃고 숨이 넘어가라 울 때 토닥토닥 쓸어주는 따뜻한 손길이 없었다면, 맛있는 음식과 예쁜 장소를 매번 혼자서만 다녀야 했다면, 내 심정을 공유할 사람이 단 한 명도 없었다면 좀 힘들었을 거다. 꼭 저렇게만 살아야 한다면 또 어찌저찌 살아가기야 했겠지만 분명 외로웠을 것이다.

함께 떠날 친구가 있다는 것만으로 삶을 살아갈 이유는 충분한 것 같다.

빌려줄게

"빌려줄게."
좋아하는 이들에게 자꾸만 빌려준다

내가 읽고 입던 것들이
얼마간 다른 이의 인생에 방문한다

그것은 단지 물건이 오가는 일이 아니다
한 사람의 삶이 머물렀다 가는 것이다

가슴이 저릿저릿할 때마다 그은 밑줄
어쩌면 외로움을 달래기 위해 걸치던 남방
어느 마음 앞에 서성였는지 가장 잘 알고 있을 운동화

시련의 순간마다 비를 막아주던 우산

내게 사연 없는 물건은 없다

책 한 권을 받아왔다
사도 됐는데 빌려달라고 말했다

당신 마음을 빌려달라는 소리였다

그 자리 그대로

반년 만에 간 친구 집에
나의 칫솔이 그대로 있다

오늘 너무 힘들어서
혼자 있기 싫다는 내 말에
그 애가 준비해 줬던 칫솔

그 얇고 가느다란 게
오랜 시간
네 욕실 한자리를 지키고 있다는 사실만으로
씩씩하게 살아내고 싶어졌다

들어주고 안아주고
달래주고 대신 화내주는 것보다

이런 것들이
위로가 될 때가 있다

경험의 다다익선

왜 이렇게 일을 벌이냐는 얘기를 들었다. 내가 무언가에 뛰어드는 것으로 그녀가 피해를 보는 부분도 없는데 이런 말을 들으니, 기분이 이상했다. 갑자기 내 모습이 부끄러웠다. 자꾸만 뭘 배우겠다고 기웃대는 내가 산만해 보여서 싫었다. 나는 아무런 대답도 하지 못했다.

"너랑 대화를 나누고 나면 나도 꿈이 하나 생겨."

언젠가 친구가 내게 해줬던 말이다. 그리고 며칠 안 돼서 어떤 언니도 내게 이런 말을 해줬다. 그 후로는 누가 했는지 기억도 안 날 만큼 자주 듣는 말이 됐다. 하고 싶은 일에 용감하게 뛰어드는 나를 보면 그들도 그래보고 싶어진단다. 내가 누군가를 열심히 살아보고 싶게 만드는 존재라나. 틀린 사람이 아니라고 말해주는 것만 같아서 그들에게 고마웠다. 잠시 나를 의심할 뻔했는데.

여전히 모른다. 어떤 사람이 나와 맞고 누가 나를 힘들게 하는지. 언제나 정의는 해 두지만 바뀌기도 하고, 예상과 다르게 흘러간 적이 많기 때문이다. 안 맞을 거라 생각했는데 누구보다 내가 원하던 사람이기도 했고, 완벽한 사람일 것이라 기대했지만 백해무익하기도 했다. 그럼에도 확실하다 싶은 기준이 몇 개 있는데 그중 하나가 꿈이다.

목표가 있는 사람을 원한다. 태어났기에 살고, 다들 공부를 하니까 하고, 적성에도 맞지 않는 일을 하고, 퇴근하면 피곤하니 하염없이 쉬고, 누군가가 취미가 뭐냐 물어보면 그런 건 여러모로 낭비라 얘기하는 사람은 좀 어렵다. 체력의 문제와 별개로 정말 그렇게 꿈 없이 흘러가는 대로 사는 사람은 좀 어렵다. 부모님 세대 때야 정말 어쩔 수 없이 해야 하는 일들이 있었지만, 요즘은 세상이 많이 달라졌는데.

꿈꾸는 족족 실행해야만 하는 야망가는 조금 부담스럽지만, 적당히 목표를 설정하고 나아가는 사람들이 좋다. 살아야 하니까 살아가는 것보다는 어떤 사람이 되고 싶어서 치열해 보고 싶다는 마음이라든지, 죽기 전에 이거 한번은 먹어보고 싶다든지, 올해 안으로 이런 취미를 시작해 보고 싶다든지, 체력 증진을 목표로 다녀본 적 없는 헬스장에 출석하게 됐다든지 하는 것들 말이다. 크고 작은 것은 중요하지 않다.

경험의 다다익선. 이 말이 좋다. 나의 도전이 누군가를 힘들게 하지 않는다면, 상처를 줄 일이 없다면. 최대한 많은 것을 들여다보고 싶다. 하물며 좌절이라 할지라도. 필요한 아픔이라면 두 팔 벌리고 기다릴 것이다.

한 번은 해 봐야 내가 어떤 사람인지 알 수 있다.

★★★

4장

다시 한번 해볼게요

진심

음악을 한다는 사람을 만나면 노래 불러달라는 부탁은 잘 하지 않는다. 긴장하는 듯 보이면 분위기를 풀 겸 노래하실 건가요? 정도의 멘트를 건네긴 하나, 정말로 노래를 시키는 일은 없다. 가볍게 여기는 느낌이 들까 봐.

그러던 중 한 사람을 알게 됐다. 그는 꾸준히 앨범을 내오다가, 지금은 학교에서 학생들을 가르친다고 했다. 어떤 곡인지 물어봐도 괜찮겠냐는 나의 말에 선뜻 곡 제목을 알려준다. 어째서 이런 제목을 붙였는지, 노랫말에 있는 그녀는 그에게 어떤 존재였는지 천천히 설명한다. 집에 돌아와 그의 노래를 검색해 가사를 전부 읽어 봤다.

그와 열 번쯤 만났을 때는 정말 노래가 들어보고 싶어졌다. 많은 대화를 나눠 보니 좋은 사람이 맞는 것 같아서. 그의 음악이 궁금해진 거다. 우리 앞에서 노래를 불러 주실 수 있을까요? 라며 정중히 물으니, 그는 민망한 듯 웃었다. 그리고 잠시 눈을 감았다 뜨며 이렇게 말했다. "그럼, 저…. 뒤돌아서 해도 괜찮을까요?" 정확히 다섯 명 앞에서 그의 작은 무대는 시작됐다.

다섯 손가락을 촘촘하게 하여 얼굴로 가져다 대더니 눈을 질끈 감는다. 천천히 노래를 부르기 시작한다. 그는 떨고 있다. 노랫말 사이사이 새어 나오는 그의 숨소리에서조차 그게 느껴졌다. 그러나 멈추지는 않았다. 불러야 해서 부른다기보다는 우리를 사랑해서 그러는 것 같았다. 자신의 목소리를 기다리는 다섯 보따리의 마음을 기쁘게 하고 싶은 것 같아 보였다.

마지막까지 떨리던 목소리가 작아지며 노래는 끝이 났다. 우리는 멋지다는 말밖에 할 수가 없었다.

일상을 보내는 중에도 그 장면이 떠올라 웃음이 났다. 내가 본 어느 노래 장면보다 진실되고 아름다웠으니까. 목소리에 긴장이 하나도 안 묻어나 있었다면, 기교 가득히 넣어 불렀다면, 눈을 감지 않았다면, 손바닥으로 눈 앞을 가리지 않았다면 이만큼의 감동은 없었을지 모른다. 그 모든 것이 함께였기 때문에 그는 더 빛났다.

재능은 있으나 노력하지 않은 모습이 좋다. 능숙하게 잘하는 사람을 보면 멋있지만, 꾹꾹 마음을 눌러 담아 부르는 목소리는 예쁘다. 나는 그런 떨림을 사랑한다. 그런 사람은 거짓말도 못 할 것 같다. 지금껏 관찰한 그는 정말 따뜻하고 정직한 사람이 맞다.

잊을 수 없는 장면을 선물해 준 그가 현재에 충실하면서도 꿈을 놓지 않기를 바란다. 언젠가 더 커다란 사랑을 받는 가수가 될 것을 기대하며 그의 팬이 되겠다고 약속한다.

다시 한번 해볼게요

멋있다고 생각하는 주변 사람들에게는 공통점이 있다. 그건 바로 질문을 부끄러워하지 않는다는 것이다.

영상 프로젝트에 참여했을 때의 일이다. 이 분야에 다양한 경험이 있는 사람들뿐이었는데 왜 내가 선정된 것인지는 모르겠다. 학과가 영상 계열이긴 했으나, 전공을 포기하고 새로운 일을 선택했기에 그 분야에는 문외한이기 때문이다.

우리가 해야 할 일에 대한 설명이 시작됐다. 챕터가 넘어갈 때마다 사람들이 손을 들며 질문을 한다.

계속해서 진행이 중단될 정도로 손을 들어서 모르는 것들을 묻는다. 그중 가장 모르는 게 많을 나만 조용했다. 잘 모르는 것을 들키고 싶지 않아서 질문을 안 했다. 이해할 수 없는 말이 많았는데 그냥 아는 척했다. 작아지는 기분이 싫어서.

고등학생 때도 그랬던 것 같다. 다시 물어보면 나를 바보처럼 볼까 봐 아는 척 넘긴 적이 많고 나는 그 문제가 어째서 그리 풀리는지 수업이 다 끝난 후 인터넷 강의와 교재를 뒤지며 혼자 겨우 풀어냈다. 1:1 과외가 전혀 의미 없이.

수행평가 때도 기억난다. 아직 여유가 있으니 아쉬우면 한 번 더 도전하라고 하셨다. 그러고 싶은 마음이 굴뚝같았지만, 손을 못 들었다. 시간을 끌게 될까 봐. 했다가 또 마음에 안 드는 결과가 나올까 봐. 친구들이 한 번 더 시도해서 점수를 올리는 동안 나만 아무것도 하지 못했다. 손을 움찔움찔하며 겁쟁이처럼 고민만 했다.

그것이 어리석은 일이라는 것을 뒤늦게 깨달았다. 모르면서 지기 싫어 아는 체하는 사람은 다 티가 난다.

이제는 용기 있게 고백하는 사람만이 가진 멋을 안다. 잘 몰라서 그러는데 알려줄 수 있을까. 이해 못 했어요. 한 번만 다시 설명해 주라, 라는 말을 아무렇지 않게 하는 사람들이 좋아서 나도 그런 것들을 잘할 수 있는 사람이 됐다. 누구도 신경 쓰지 않고.

이제는 내가 부끄러운 순간이 좋다. 질문을 함으로써 어떤 점을 보완할지 알아가고, 그것을 반영해 혼자 연습해 보는 시간이 좋다. 그런 과정을 거쳐 나아진 나의 모습을 보는 것만큼 뿌듯한 것도 없다. 내가 나아짐을 느낄 때마다 느끼는 쾌감은 이루어 말할 수 없다. 원하는 지점까지 가기 위해 겪는 시행착오가 나쁘지만은 않다. 내가 작아질 순간이 기다려진다.

실패는 전혀 부끄러운 게 아니다. 이루기 위한 과정일 뿐이다. 진짜 부끄러운 것은 틀릴 게 무서워서 아무것도 안 하는 것이다. 잘 모르겠을 때, 이해되지 않을 때, 알고 있던 것이 기억나지 않을 때마다 나의 상황을 숨김없이 드러내고 싶다. 반짝이는 눈으로 배우고 싶고 같은 실수를 반복할 일 없게 계속 연습하고 싶다. 이런 얘기와 함께.

"오케이, 저.. 다시 한번 해볼게요!"

예민한 사람

예민한 사람은 힘들다. 듣고 싶지 않은 것까지 들어야 하고 보고 싶지 않은 눈빛까지 봐야 한다. 상대의 감정 변화도 민감하게 눈치채니 함께 있는 시간에 늘 분주하다. 이건 조금 속상했다고 말할까 싶다가도 내가 유별난 탓일까 싶어 삼켜낸다. 이와 같은 연습을 꽤 오래 했을 것이다.

덜 진지한 척하게 됐다. 상대에게 부담이 되지 않기 위해서. 조금은 흘려듣고 가벼운 농담도 던져 본다. 말에서 받는 상처를 즐기는 척도 해 본다. 나는 그 말을 못 들은 척. 그 행동은 내게 아무런 타격도 없는 척. 눈치 없는 척. 덜 관심 있는 척. 쿨한 척….

하지만 예민한 사람은 힘들다. 아무리 그런 척을 해도 보이고 들리니 아무래도 힘들다.

숨이 차는 하루를 보내고 집에 돌아와 심장을 쓸어내리며 스스로를 달래는 그런 밤이 있다.

내가 알아

누가 인정해 준다고 그렇게 사냐는 물음에 대답하지 못한다면 아직 멀었다. 다들 조금은 덜 솔직하던데. 가끔 어떤 이들은 사정에 따라 무언가를 어기며 살기도 하던데. 라는 생각이 먼저 든다면 나는 아직 덜 좋은 사람이다.

이제는 같은 질문에 더 빠르고 정확한 대답을 할 수 있어졌다. '제가 알아요. 전부 나를 위한 일입니다.'

또래보다 일찍이 철이 들었다고 생각했으나 그렇지만도 않았던 것 같다. 그동안에는 정말 누가 알아주기를 바라는 마음이었던 것 같으니까. 무언가를 열심히 지키며 살면서도 나만 제대로 사는 것 같아

억울한 날이 분명히 있었으니까.

대가를 바라지 않고 실행하는 마음이 진짜다. 자신이 좋으면 된 거라는 믿음. 맑고 건강한 자기 확신. 언젠가는 알아주면 좋겠지만 그런 날이 오지 않는다고 해도 여전히 스스로를 믿고 나아가는 걸음. 그런 사람들에겐 힘이 있다. 세상이 빠르게 변해도 지킬 것을 지키는 그 마음을 나는 알아본다.

누구나 서툴러

퇴근한 친구에게서 전화가 왔다. 그는 안부를 물을 틈도 주지 않고, 어떤 이에 대한 불만을 털어놓기 시작했다. 한껏 격양된 목소리로. 허세가 가득하고 요란한 빈 수레 같은 인간에 대해서. 나는 얼굴 한번 본 적 없는 아무개에 대해서.

적나라하다. 이름 모를 그가 측은해질 만큼. 가만 듣다 보니 몇 개의 물음이 내 머릿속을 어지럽힌다.

"누구에게나 그런 과거가 있을 수도…. 너는 그런 적 없어?"

조심스레 질문한다. 그러니 그는 치를 떨며 절대

없다고 한다. 더 이상 묻지 않았다. 정확히 말하자면 그가 내게 말할 틈을 주지 않은 것이지만. 누군가에 대한 험담으로 시작된 통화는 또 다른 누군가에 대한 불만으로 마무리됐다. 집에 도착했다는 말과 함께 끊어진 전화 뒤로 오랜 시간 생각에 잠겼다.

자신이 그렇게나 싫다고 말하던 모습을 나는 그에게서 보았다. 개선되면 좋을 것 같다고 생각하긴 했으나 나와 다른 것일 뿐 그의 입장이 있을 테고, 이런 것까지 지적할 정도로 내가 완벽한 인간인 것 같지는 않아서 넘겼던 부분이다. 우리 관계에 영향을 줄 행동이라면 얘기하겠지만 그런 것도 아니었다. 열변을 토해내던 그는 그 안에서 자신의 모습을 보았던 것이 아닐까?

시선을 나에게 옮겨 본다. 어떤 이의 어떤 면이 불편하다고 함부로 얘기했던 날들. 나의 실수는 너그러이 봐주길 바라면서 남에게만 엄격하던 날들. 절대 되지 않기로 다짐한 모습을 하게 된 적도 있겠지.

자각했으나 외면했다. 부끄러울 때마다 더 떳떳한 척했다. 내가 싫어하는 것의 대부분은 내가 가졌던 모습이었다. 어쩌면 지금도 고치지 못하고 있을지 모른다.

싫은 것에 대해서는 함부로 말하지 않게 됐다. 인간은 누구나 서툴다. 나의 선의가 어떤 이에게 피해를 줄 수도 있고, 나의 친절이 누군가에겐 부담일 수 있다. 뭐든 진하게 설명하는 나의 말 습관이 누군가에게 높은 피로감을 줄 수도 있고 결론부터 말해야 하는 내 성격이 어떤 이에겐 숨 막히는 재촉으로 느껴질 수가 있다. 오늘 좋았던 사람이 내일 불편할 수 있고, 많은 점이 거슬리던 사람과 어느 날 문득 사랑에 빠질 수도 있다.

단정 짓지 말아야지.

동그란 몸을 하고 잘 굴러가는 것으로 보여도 가까이 가 보면 울퉁불퉁한 우리들. 비슷한 듯 보여도 같은 모양 하나 없이 난 마음의 돌기. 그러니 서로 너무 미워하지 않기. 부족한 점이 있다면 일러주고 안아주기. 때로는 따뜻한 손길로, 말씨로 손 내밀어 다듬어주기. 그렇게 데굴데굴 나아가기. 익을수록 고개를 숙이기.

다시 만날 수 있을까

여자는 남자를 좋아했습니다. 남자도 여자를 좋아했습니다. 사랑하면 너무 사랑해 버리는 사람들에게는 시작이 어렵습니다. 내가 울 것보단 그 사람이 울 것이 걱정되기 때문입니다.

여자는 마음이 커지는 것이 두려웠습니다. 그가 자신에게 품는 좋은 환상을 깨고 싶지 않았습니다. 사랑이 시작되면 둘 중 하나는 울 일이 생길 텐데 그런 것도 걱정됐습니다. 남자는 여자에게, 어느 누구보다 상처를 주고 싶지 않은 사람이었습니다.

마음이 커집니다. 여자는 도망칩니다. 좋은 모습을 지키기로 마음을 먹은 것입니다. 제대로 가져본 적도 없는 남자를 보내주느라 가슴 아픈 시간을 보냈습니다.

남자는 어땠을까요. 가까워질 만하면 멀어지는 여자를 보며, 늘 먼저 뒤돌아서서 가는 여자를 보며, 그렇게 예쁘게 웃어주고서 집에 가면 답장도 잘 하지 않던 여자를 기다리며 어땠을까요. 원망한 날도 있지 않았을까요.

서로의 연락 없이 잠들게 된 첫날이 얼마나 씁쓸했을까요. 함께 보았던 그 예쁜 풍경이 스칠 때마다 네 마음은 얼마나 아팠을까요. 그녀 없이도 잘만 살았던 삶인데. 마음을 두드렸다가 도망가니 얼마나 야속했을까요. 어긋나는 마음은 이런 것들을 남깁니다.

두 마음이 닮아 있을수록 여운은 깁니다. 만약 두 사람이 겁을 좀 더 줄였다면. 여자가 너무 많은 것을 걱정하지 않았더라면. 만약 남자가 여자에게 너무 많은 칭찬을 하지 않았더라면, 여자가 일 년 더 일찍 그를 만났다면, 만약 그가 기다려줄 시간에 그녀의 손을 덥석 잡았더라면 둘은 지금 같은 곳을 여행하고 있을지도 모르겠습니다. 서로를 너무 배려해서 닿지 못한 마음이 있습니다.

사랑은 자비 없습니다. 그대로의 결괏값을 내기 때문입니다. 잘난 사람보다 빠른 사람이 쟁취할 수 있는 몇 안 되는 영역입니다. 용기의 수준에 의해 결정되기도 하고요.

사랑은 냉정합니다. 저마다의 사정을 봐주지 않습니다. 그러니 겁이 많은 사람에게 가혹하게 느껴질 수 있겠습니다. 움직이지 않으면 평생 전할 수 없게 되는 말이 있습니다.

인연이 아닐 것이라 넘기기엔 유난히도 애틋한 어떤 마음이 있습니다. 그렇게 많은 사람을 지나쳐 보냈지만 유독 아픈 손가락이 있습니다. 이런 것들은 오히려 단순하고 용감할수록 쉬운 것 같습니다. 그래야 더 지속할 수 있는 것도 같고요. 조용한 마음은 각자의 심장 한편에서만 분주할 줄 압니다. 좋은 사람들의 사랑이 더 어려운 것 같습니다.

두 사람이 정말 좋은 남자와 여자라면, 먼 길 돌아도 결국 서로를 찾았으면 좋겠습니다.

조바심

문제가 생겼지만 여태 이어지는 사건은 없다
누군가가 나를 미워한다 해도 죽을 일은 아니다
안달 낼수록 멀어질 뿐이다

매번 깨달으면서도
때마다 초조해지는 마음 앞엔
어쩔 도리가 없는 것 같다

시행착오

이만큼이나 왔구나. 지긋지긋하던 순간도 있었는데.

뒤를 돌아보니 좋고 나쁜 순간이 주마등처럼 스쳐 지나간다. 나를 떠난 사람과 여전히 함께해 주는 이들의 얼굴도 하나하나 떠오른다. 반가웠어요. 고마웠어요. 미안했어요.

아팠던 일도 이제는 그저 내 인생의 어떤 순간에 벌어졌던 것뿐이고, 당시에 그렇게나 나를 괴롭게 했으나 지금은 쓰게 웃으며 얘기할 수 있는 해프닝이 됐다.

버릇이 생겼다. 어차피 지나갈 일이라면 좋은 말들로 나를 속여보는 거다. 아무 일도 아니야, 네가 걱정하는 것만큼의 사건은 절대 벌어지지 않아. 늘 그랬던 거 기억하지? 라는 말로써.

혹시 그런 일이 생긴다고 하더라도 나만큼은 나를 포기하지 않는다는 사실만 알고 있으면 되는 것이다. 잠시 삐끗한다 해도, 이번 판에서의 실패일 뿐이지 얼마든 재도전의 기회가 있음을 안다. 그렇게 오늘까지 달려왔다.

삶은 꼭 게임 같다. 내 선택에 따라서 다음 미션이 달라지고, 공간과 배경음악이 달라진다는 점에서 말이다. 어떤 인물을 아군으로 만나게 될 것이며 누구와 적이 될 것인지 미리 알 수 없다는 점에서 말이다. 체력이 점점 떨어지기도 할 거고, 오랫동안 같은 단계에 머무르게 될 수도 있다는 점에서 말이다.

어렵다고 포기할 것인지, 그럼에도 해볼 것인지는 내가 결정할 수 있다.

실패할지언정 중단하고 싶은 마음은 없다. 앞으로도 변함없다.

열려 있어요

"한 번도 사람을 믿어본 적이 없어."

친구에게서 이런 말을 들었을 때 힘이 빠졌다. 정말 많은 시간을 함께했고 그 애의 편이 되어준 날도 많았기에 나는 예외인 줄 알았다. 많은 것을 공유해도 그 벽을 부술 순 없다는 사실에 이상하게 섭섭했다.

자기만의 방이 있는 사람들이 있다. 아무리 많은 시간을 보내도 그 방 안에 들어올 수 있는 사람은 없다고 얘기하는 이들. 그런 성향은 주변 사람을 조금 외롭게 한다. 함께 보낸 시간을 무력하게 만든다. 모든 이에게 마음을 열 필요는 없어도 내 편에 서 주는 이들까지 차단할 필요는 없을 텐데. 그들에게는 마음을 다 건네기 어렵다.

한 시절 동안 내 마음 한 칸을 내어준 것을 후회한 적 없다. 상처가 많아서 마음을 닫는다는 말도 싫다. 그저 어떤 사람과 어떤 일이 벌어졌을 뿐인데 그 일과 관계도 없는 사람에게 영향을 주는 것이 멋져 보이지 않기 때문이다. 내가 받은 아픔을 이유로 다른 누구를 아프게 하지 않겠다는 말이다.

내 삶에 방문한 손님을 잘 대접하고 싶다. 일어나지 않은 일을 걱정하여 경계하기보다는 기꺼이 방 한 칸을 내어주고 싶다. 잘 머무르던 그가 떠나간다면 아쉽고 슬프겠지만 인연을 다했다고 생각하며 안녕을 바랄 것이다. 내가 그를 정성스레 대접했다는 사실을 부정하지도 않을 것이다. 한 번도 상처받지 않은 것처럼 살아가고 싶다.

행복하기 위한 노력

모두가 잠에 들었을 새벽 네 시에 슬리퍼 질질 끌고 산책에 나서기, 일 마치고 집에 가는 길 시장에 들러 좋아하는 과일 한 봉지 달랑달랑 들고 오기, 가끔은 세탁방 가서 이불 빨래 해오기, 좋은 향기 가득 품은 이불 속에서 잠에 들기, 영화 한 편 틀어놓고 맛있는 거 먹기, 무작정 바다 보러 떠나기, 해가 질 때 눈 질끈 감고 소원 빌며 무언가를 기대해 보기.

행복을 위해 하는 사소한 노력은 장작을 패는 일 같다. 추운 겨울을 따뜻하게 보내기 위해서 땔감을 마련하는 것과 같은 마음이기 때문이다.

불이 꺼지지 않도록. 추울 일 없도록. 힘든 날이 와도 잘 이겨낼 수 있도록 나를 돌보며 미리 대비를 해두고 싶다. 마음의 겨울을 잘 나기 위해서 노력하겠다는 거다. 행복은 충분히 만들어 낼 수 있다.

달 이야기

1.

남자는 여자에게 달 사진을 보냅니다. '달을 좋아하시죠? 예쁜 달 보고 편안한 밤 보내세요.' 이건 비밀인데. 더 예쁜 사진을 보여주고 싶은 마음에 달을 찍는 법도 몰래 연습하고 있답니다.

2.

여자는 친구를 만나고 집에 갑니다. 바람이 좋아서 오래 걸었습니다. 문득 한 사람이 떠오릅니다. 매번 달 사진을 보내주던 남자. 오늘은 자기가 남자에게 먼저 보내고 싶나 봐요. 하늘을 올려다봅니다. 무심하셔라. 빙글빙글 몇 바퀴를 돌아도 보이지 않습니다. 다음을 기약합니다.

3.

다음 날 여자에겐 힘든 일이 있었습니다. 웃음이 많은 여자에게 그렇게까지 아픈 날은 잘 없는데 그 날은 정말 아팠습니다.

오늘은 달 사진을 보내고 싶습니다. 그 남자와 대화하면 마음이 편해지니까. 사진을 보내며 잘 자라는 말을 하고 싶습니다. 듣고 싶습니다.

4.

집에 돌아가는 길 달을 찾습니다. 분명 맑은 날이었는데 보이지 않습니다. 볼 때마다 떠 있던 그 흔한 달이 대체 왜 안 보이는 걸까요? 안 그래도 속상했는데. 그에게 고마운 마음 표현할 방법까지 없어지니 기분은 한없이 추락합니다.

집으로 들어와 씻고 눕습니다. 힘들다. 힘들다. 숨이 안 쉬어져 옆으로 누우니 이번엔 눈물이 흐릅니다. 노랫소리만 들리는 방 안에서 혼자 한숨만 내쉬다 핸드폰을 확인합니다.

남자에게 연락이 와 있네요. 오늘은 달이 안 떴는

데요.

5.

[오늘 하루 잘 보냈나요? 예쁜 달과 별 보고 깊은 밤 보내세요!]

신기한 건 남자는 여자가 힘든 날마다 이런 연락을 보낸다는 겁니다. 매일 연락을 하는 사이도 아니거든요.

여자는 혼자 힘들 때마다 선물처럼 찾아오는 남자가 신기합니다.

6.

그런데 사진 속 달. 자세히 보니 그림인 거예요. 달이 안 떴는데 보여주고 싶었던 거죠. 예쁜 달이 필요한 날일 것 같았다며 그려 보낸 겁니다. 여자는 답장을 어떻게 했게요? 이건 비밀.

7.

생각해 보면 남자는 그 일이 있기 이틀 전에도 그랬어요. 나무 사이로 빛만 뿜는 가로등을 찍어 보냈거든요. 여자는 받자마자 달이 아니라는 걸 알았고 그게 귀엽더랍니다. 그래서 고맙다고. 잘 자라고 얘기하는데. 남자가 한 번 더 답장.

[사실 저거 달인 척하는 가로등이에요.]

여자는 말해요. '네. 알고 있었어요. 그래서 귀엽다고 생각했어요. 고맙습니다!'

8.
결국 받기만 한 거죠. 오늘은 내가 먼저 보내줘야겠다 하던 날조차 달을 찾지 못해서 포기했는데. 남자는 달을 만들어서라도 보냈던 거죠.

9.
그리고 이건 어제 이야기입니다.

하루 종일 일을 하다가, 아주 밤이 되어서야 집에 가려고 카페를 나섭니다. 또 달이 안 보이네요. 답답한 마음에 같은 시간에 나온 손님에게 물어봅니다.

"요즘 달이 안 보여요. 달을 찾아야 하는데…."

10.
"그믐과 초승 사이라서요. 조금 기다려야 할 거예요!"

맞네. 얼른 사진을 보내고 싶은 마음에 생각하지 못했던 당연한 말에서 해답을 찾습니다.

11.
집에 와서 문자를 보내요.

[알아냈어요!]

남자와 여자는 얼른 달이 보이면 좋겠다는 연락을 주고받고서 잠에 듭니다.
아무렇지 않은 척 말했지만 둘의 밤은 심장 소리가 채웠을 거예요.

12.
매일 잘만 보이던 게 보내고 싶은 사람이 생기니 안 보이네요.

달 사진이 보내고 싶을 때 달이 안 보이는 거.
타이밍이 안 맞는 걸까요? 아니면 함께 달을 기다리며 마음을 확인하라는 걸까요?

13.
자려고 누우니 남자에게 연락이 옵니다.

'이렇게 매일 하늘을 올려다본 적이 있었나. 묘하네요.'

14.

여자는 그가 좋은 사람이기를 바라봅니다.

놓아야 함을 알면서도

예전에 당신이 그런 말을 한 적이 있다. 떠나는 사람 잡지 않는다고.

나는 두려웠다. 조금이라도 실수하면 다신 볼 수 없는 남이 될까 봐. 하루도 당신을 편하게 대한 날이 없었다. 평온해 보이는 얼굴 아래로는 들키지 않으려고 바삐 헤엄을 치던 작은 두 발이 있었다.

가까운 사람에게마저 기회를 많이 주지 않는 당신이 이해가 가지 않았다. 가끔은 미웠고 어떤 날엔 버겁게 느껴졌다. 당신을 만나는 날엔 긴장을 하고 있었다.

이제는 무얼 하며 살아가는지 모른다. 여전히 그런 말을 하며 지내는지. 그렇게 단호하게 사람을 끊어내고 후회한 적은 없는지. 내가 보고 싶었던 날은 없는지. 물어보고 싶지만 듣지 않는 편이 나을 것도 같다.

하나 말할 수 있는 건, 당신 없이 사는 지금이 낫다는 것이다. 이렇게 잘 지내게 될지 모르고 매분 매초 긴장하던 날이 있다.

잘 살아가는 것

좋은 작가가 되기 이전에 좋은 사람이 되려 노력하는 너를 응원하지 않을 수가 없다.

스물두 살 때 한 선배는 내게 이런 말을 했다. 그는 알까? 마음이 방황할 때마다 그가 해준 말이 나를 엇나가지 않게 도왔다. 가끔은 또래 애들처럼 놀아보고 싶다가도, 조금 더 빠른 길을 선택하고 싶다가도, 그 한마디가 잡아줬다. 좋은 사람이 되어야지. 좋은 사람이 되어야지.

어떤 가수의 노래가 좋다더라, 어떤 사람이 글을 잘 쓴다더라, 걔가 이번에 그 시험에 붙었다더라. 이런 말을 들으면 가장 먼저 "그는 어떤 사람이야?" 질문하게 됐다. 바르고 따뜻하기를 바라면서. 묵묵히 올바르게 열정적인 사람이라면 그의 모든 결과물에도 무한한 신뢰가 생긴다. 좋은 사람이 만들어내는 모든 소리는 맑다고 믿는다.

사는 건 쉬운데 잘 살아가는 것은 어렵다. 그래서 나는 삶에 대한 의지를 환영하는 것 같다. 그냥 써도 되지만 최대한 진심으로 쓰는 것, 그냥 해도 되지만 최대한 포근포근한 문장을 골라 말하는 것, 그냥 넘겨도 될 일이지만 최대한 많이 배우고 지나치는 것처럼. 자기 삶에 정성을 쏟는 이들이 좋다.

마음을 먼저 보고 싶다.

잘하는 사람이 되기 이전에 좋은 사람이 되려 노력하는 사람들을 응원하지 않을 수가 없다.

받는 사랑

약속 장소에 가는 길, 시간이 많이 남아 작은 열쇠고리를 샀다. 친구와 잘 어울릴 것 같아서. 그를 만나 건네니 환하게 웃어준다. 핸드폰을 꺼내 들어 사진을 찍기 시작한다.

점심으로 먹은 샐러드가 맛있어서 만들어갔다. 준비해 온 도시락통을 꺼내는 내 모습을 찰칵, 뚜껑을 여는 동안에 찰칵, 먹기 전에 찰칵, 먹다가 찰칵, 다 먹은 도시락통을 또 찰칵. 그날 단톡방과 그들의 SNS 스토리, 블로그에는 내가 만든 샐러드가 올라온다.

순간을 가두는 모습이 예뻐 보인다. 눈과 마음에도 담을 수 있지만 두고두고 꺼내볼 수 있는 무언가로 기록하겠다는 마음. 내가 준비해 간 것을 소중히 여기고 있음이 느껴져서. 작은 사랑과 배려도 곱씹어 보는 사람 같아서 좋다. 그런 정성 앞에서는 더 건네줄 특별한 것이 없나 주머니를 뒤져보게 된다.

받은 것은 최대한 반갑게 맞이하고 앞에서 소비하는 편이다. 케이크를 선물 받았다면 꼭 함께 먹는다. 편지와 선물을 받았을 땐 편지를 먼저 열어본다. 직접 만든 음식을 선물 받으면 배가 불러도 그 앞에서 맛본다. 꽃을 선물 받으면 꼭 내 손으로 들고 다닌다. 되도록 그 모든 순간을 사진이나 영상으로 기록한다.

건네는 건 순간이지만 그것을 준비하기까지 많은 시간과 정성이 필요하다. 어떤 선물을 하면 좋을지, 어떤 음식을 할지 고민하는 것. 편지지를 사고 선물을 고르고 전하는 것. 그것을 보관하고 건네는 마음까지 말이다. 반응을 바라고 하는 것은 아니지만, 소중히 여기는 몸짓이 돌아오면 몇 배로 좋다. 이런 차이를 아는 사람들이 가진 세심함이 좋다.

마음을,

사랑을 절대 그냥 흘려보내지 않는 사람들이 있다.

뜨겁게 안녕

장문의 카톡이 왔다. 그동안 얘기하지 않았지만, 나의 어떤 점이 마음에 들지 않았다고. 많이 참았다고 얘기했다. 들어보니 나와 함께 여행을 다니고, 우리 집에 와서 잠을 자고, 내가 생일 축하 노래를 불러줄 때도 친구는 나를 미워하고 있었다. 그건 참은 게 아니잖아…. 하는 생각이 들었다.

아무것도 모르고 진심이었던 시간이 부끄러워졌다. 우리 관계가 나빠지고 있다는 것을 알면서도 말하지 않았다니. 게다가 친구가 내게 얘기한 부분은, 나 역시도 그 아이에게서 느꼈지만 크게 문제라 여기지 않았던 것이었다. 그래도 속상했다면 나는 충분히 달래줄 수 있었는데…. 그렇게 내가 싫었으면서 어떻게 티 한 번을 안 낼 수 있었을까? 무서운 마음도 들었다.

어느 순간부터는 '한 번에 터뜨리는 편이야.'라고, 말하는 사람과는 거리를 두게 됐다. 사이가 멀어지는 것보다 무서운 일은 내가 바보가 되는 것이다. 그들은 왜 제때 말하지 않고 상대방을 최악의 인간으로 만들어 죄책감을 심어 버리는 것일까. 나를 미워하는 사람인 줄도 모른 채 마음을 쏟고 싶지는 않다. 기회를 주지 않는 사람에게 시간을 쓰고 싶은 생각도 없다.

소중하면 알려주고 싶다. 앞에서만 좋은 척하고 싶지는 않다. 피곤한 일을 만들기 싫다는 이유로 한 사람을 바보로 만들고 싶지 않고, 악역을 맡기 싫다는 이유로 비겁해지고 싶지 않다. 좋아하는 마음에 비해 별일 아닌 것들은 이유가 있을 거라며 넘어갈 거고, 내 마음에 영향을 줄 것 같은 일이라면 차분하게 전달하고 싶다. 어느 방법으로도 해결할 수 없을 때, 그제야 안녕을 말할 것이다.

아무리 좋은 시작이었어도, 함께하는 동안 아무리 많은 것들이 맞았어도 말미가 아름답지 못하면 별로 소용없는 것 같다. 좋았던 시간을 배신하지 않을 수 있도록 예의를 차리고 싶다. 혹시나 그게 우리의 마지막이 된다고 할지라도 말이다.

올바른 열정

한 번씩 다른 이의 삶과 나의 것을 비교하게 될 때가 있다. 잘하고 있다고 생각했는데 우물 안이었음을 깨달을 때마다 걸음은 좀 느려진다. 그런 순간이 찾아오면 자책하기보다는 기뻐하고 싶다. 내가 내 삶을 너무 사랑해서 생기는 시간이기 때문이다. 너무 깊이 빠진다거나 남을 미워하는 감정까지 이어지지 않는다면, 그것은 건강한 질투 같다. 충분히 잘하고 있는 사람만이 누릴 수 있는 시기 같다.

더 멋지게 살아보고 싶은 마음의 불씨가 꺼지지 않았다는 말 같아서 안심된다.

마음 자판기

말을 잘하는 사람이 좋다. 여기에서 말하는 '잘'은 유창하고 화려하다는 말이 아니다. 한 마디를 뱉더라도 느리고 조심스러운 사람이 있다. 조금 더 생각하면 같은 마음을 전할 더 나은 말이 있다는 사실을 잘 알고 있는 사람들.

단어만 놓고 보면 잘못된 게 하나 없을 말이지만 그보다 나은 표현을 쓰는 게 좋을 때가 있다. 포기보다는 양보라고 말하는 게 조심스럽게 느껴지는 것처럼. 희생보다는 사랑이라 말하는 것이 낭만적인 것처럼. 해 줄게 라는 말보다는 할게 라고 말하는 이가 나를 더 아껴준단 기분을 들게 하는 것처럼. 그

차이를 아는 사람과 함께 하고 싶다.

사람 마음속엔 자판기가 하나씩 있는 것 같다. 모든 말과 생각이 담겨 있는 작은 기계. 고민 없이 고르는 사람이 있는 데 반해, 하나를 고르는 데 꽤 많은 시간이 필요한 사람이 있다. 오해를 만들고 싶지 않은 마음이거나 상처 주고 싶지 않은 마음이거나 잘 사랑하고 싶은 마음에서 생기는 정적일 것이다.

느린 것은 아름답다. 포기하지 않고 잘 해보려는 마음이기 때문이다. 실수가 잦을 바에야 느린 것을 택한 그 마음이 나쁘지 않다. 그러니 더 좋은 문장을 고르는 시간이라면 얼마든 기다릴 것이다. 한마디 말의 무게를 아는 어른, 뱉고 나서의 감정까지 책임질 줄 아는 어른. 나는 그런 것들이 좋다.

말과 말 사이에 침묵을 두고, 조심스러운 눈빛을 보내는 사람을 보면 괜히 예쁘게 웃어주고 싶다. 나를 생각하고 있는 시간인 거야? 라고 감동하면서 말이다.

이 정도면 괜찮아서

울적함에 어쩔 줄을 모르겠을 땐 의외로 담백한 것들에서 사랑을 깨닫곤 했다. 이를테면 그대로 충분하다는 위로, 괜찮다는 말 해주는 듯한 미소, 창 너머로 보이는 풍경, 찰싹찰싹 파도 소리, 어쩐 일로 선명한 서울 하늘의 별, 문득 걸려 온 친구의 전화, 마음이 담긴 집밥.

늘 그 자리에 있던 것들에게서 일어설 용기를 받는다. 예쁜 마음을 보았는데 이유 모를 눈물이 나서 거짓말 같을 때가 있다. 이만해도 살겠다, 모자랄 게 없겠다 싶어서 울컥해지는 순간이 있다.

제 자리

겨울은 눈이 그리 하얀데도 어둑어둑한 분위기가 먼저 떠오른다. 그 계절의 대부분은 밤이니 그런가 보다. 그래서인지 사람들은 조명으로 거리를 밝힌다. 외롭고 쓸쓸해 보이지 않을 것들로 거리를 꾸민다. 덕분에 겨울의 밤이라고 특별히 무서울 것도 없다.

적응이 될 만하면 해가 길어진다. 살아있는 것들이 내는 소리와 냄새도 나기 시작한다. 그러면 봄이 와 있고, 여름이 와 있곤 했다. 오후 네 시쯤일 것 같은데 일곱 시가 넘은 것을 볼 때마다 긴 하루를 선물받은 것 같다며 기뻐하던 날들이 있다.

해가 길면 긴 대로 문제가 있다. 여름의 슬픔은 더 슬프게 느껴진다. 여름의 긴 낮에 흘리는 눈물에는 더 깊은 사연이 있어 보인다. 오래 환한 세상과 내 마음이 대비되나 보다.

하지만 초라해질 만하면 다시 가을이 오고,
다시 겨울이 오고,
다시 봄이 온다.

그것은 인생의 은유 같다. 긴 밤에 쓸쓸하고 두렵다가도 해가 뜨면 안심이 되는 것이 말이다. 그것은 꼭 다시 돌아온다는 약속만 같다.

어떤 계절에는 유난히 많은 것들이 다시 살아나고 어느 때엔 쨍쨍하게 내리쬐어 눈물을 말려준다. 어느 계절엔 묵묵히 나를 기다리는 녹색의 포옹이 존재하고, 또 어느 때엔 세계가 확장되는 것만 같은 천고의 시기가 있다. 삶에도 사계절이 있다는 것에 왠지 모를 안도감이 든다.

지금 아무리 힘들어도 결국 할 수 있을 것 같다. 세상이 비를 주고, 해를 주고, 바람을 주고, 꽃과 녹음을 주고, 밤을 주니 잘 버텨보고 싶어진다. 아픔

또한 영원하지 않다는 사실을 다시금 새기며 나아가본다. 그렇다니 다행이다.

빈수레

[밥 먹을 시간도 없어서 연락 다 안 받습니다.]

[너무 바쁘다. 반년 동안 약속 잡지 않습니다. 내년에 만나요.]

지인의 SNS에 이런 글이 자주 올라왔다. 처음 몇 번은 그럴 수 있지 했지만 굳이 '너희 만날 시간 없습니다.' 수십 번 올려가며 바쁜 것을 광고하는 게 의문스러웠다. 나는 그럴 자격이 있었다.

그녀는 나에게 매일 뭐 하냐, 오늘 누구 만났냐 하는 일상을 물으며 연락했다. 바빠서 연락에 답을 하지 않으면 전화를 걸어서 답장을 재촉했다. 뒤이어 본인의 일상을 공유했다. 그러면서도 이번 주 중에

밥 먹자는 나의 말에 '만나는 건 안 돼.'라는 답을 했다. 지금 맡은 일로 너무 스트레스를 받아서 약속 올스탑이라는 설명을 더 하며.

핸드폰을 붙잡고 나의 SNS 스토리가 업로드되는 족족 확인할 그 시간과 답변이 없는 이에게 전화를 걸어 답장 좀 자주 하라고 할 시간을 모으면 안 됐을까? 사람들과 밥 먹을 시간 정도는 낼 수 있지 않았을까?

시간을 잘 쓰지 못하는 그녀가 이기적이라는 생각을 했다. 게다가 가을에 있을 그 프로젝트는, 한가하다는 이유로 본인이 기획한 일이었으니까. 감당할 수 있을 만큼 벌이지 않고선 요란하기만 한 것이 이해 안 가기도 했다.

아무리 바빠도 밥 먹을 시간 내고 싶다. 아무리 바빠도 친구에게 안부 전화하고 싶고, 아무리 바빠도 소중한 사람들 중요한 날만큼은 지나치지 않고 싶고, 아무리 바빠도 주변 사람들이 눈치 볼 말을 굳이 안 하고 싶다.

노력이라는 것에 대해선 어디 가서 지지 않는 편이지만, 대부분 혼자서는 절대 못 할 일임을 잘 알고 있다. 지금의 내가 있기까지 좋은 영향과 격려를 아끼지 않았던 분들과 사랑하는 가족, 나의 잠재력을 확신하는 친구와 나의 글을 기다려주는 많은 마음을 외면하고 싶은 생각이 없다.

일을 하는 것도 돈을 모으고 싶은 것도 더 나은 인간이 되고 싶은 것도, 결국 사랑을 위해서다. 보답하기 위해서이고 자랑스러운 존재가 되고 싶어서이다.

주객이 전도될 일 없게, 욕심에 눈이 멀어 은혜를 모를 일이 없게. 틈틈이 주변을 돌보고 싶고 내가 시작한 일로 힘든 소리 늘어놓지도 않고 싶다.

사랑하는 사람을 필요할 때만 찾으면서까지 내가 시끄럽게 지켜야 할 것은 없다.

요란히 겉모습만 신경 쓰느라 중요한 것을 챙기지 못하는 사람이라면 멀어지기로 택한다.

도망

하던 일 내려놓고 침대에 누웠다. 해야 할 것이 있으나 마음이 어지러워서 어느 것에도 집중이 안 됐다. 평소 같으면 억울해서라도 마쳤을 일을 도저히 해낼 수 없을 것 같은 날이 있다. 고민해도, 울어도, 고독해 봐도, 비를 맞으며 뛰어 봐도, 일을 해도 나아지지 않는 마음이 있다면 모든 일을 멈추고 한없이 나태해져 보는 것도 방법이겠다. 미뤄놓다 보면 오히려 정리되는 생각이 있다.

꿈의 법칙

브로콜리를 맛있게 먹는 꿈을 꿨다. 절대 못 먹는 음식인데. 하나도 불쾌하지 않았다. 그렇다면 오늘이 그날이구나. 기본 반찬으로 브로콜리를 주는 가게를 안다. 저녁밥은 거기에 가서 먹자고 제안한다. 친구와 갈 때마다 나는 손도 안 대던 브로콜리를 입에 넣어본다. 아무렇지 않다. 이제 나는 브로콜리를 먹을 수 있는 인간이다.

나물 한가득 들어있는 비빔밥을 한입에 와-. 아주 맛있더라니 또 꿈이었다. 비빔밥은 좋지만, 콩나물 빼고는 다 싫어서 어릴 적부터 나의 비빔밥엔 콩나물, 감자채, 계란 후라이가 끝이었다. 그런데도 꿈에서 먹은 비빔밥은 아주 맛있었단 말이지. 먹지도 못하는 나물을 장 봐온다. 겁도 없이. 알록달록 여섯 가지의 이름 모를 애들을 넣고 밥을 비벼본다. 이렇게 맛있다니. 이제는 나물 반찬을 잘 집어 먹는다. 뼛속까지 건강해지는 이 맛이 좋다.

아무리 배워도 자전거는 어려웠다. 넘어질 것 같은 느낌을 이기면 된다던데…. 자꾸 진다. 이 느낌이 너무 싸해서 이기고 싶은 마음이 한 번도 안 들었다.

어릴 적 나의 자전거에는 보조 바퀴 두 개가 달려 있었다. 조용조용 빠르게 지나가는 친구들 사이에서 나만 보조 바퀴 덕에 덜그럭 - 덜그럭-. 부끄러웠다. 그러다 보니 자전거가 더 싫어졌다.

그럼에도 그 위에 올라 쌩쌩 달리는 꿈을 꾸게 된다면 나는 도전해 봐야 했다. 꿈을 통해 편식을 하나씩 고쳐나간 내게는 그것이 이제 하나의 규칙이 돼서 꿈을 꿨으니 꼭 성공해야 하는 것이다. 누구도 신경 쓰지 않지만, 거스를 수 없는 나만의 고집이 됐다.

올봄에 정말 그런 내가 꿈에 나왔다. 친한 지인이 자꾸 요즘 따릉이 타는 게 그렇게 재밌다면서 알려주겠다고 말했는데 하도 들으니 꿈에까지 나왔나 보다. 그런 날이 오면 두려울 줄 알았는데 그렇지도 않았다. 싫고 무섭던 일이었는데 아무렇지 않았다. 심지어 자전거에 올라타는 순간까지 하나도 떨리지 않았다.

넘어질 것 같은 느낌에 1초에 한 번은 멈춰 세우면서도 포기하지 않고 계속 올라탔다. 답답한 마음에 푹푹 한숨을 내쉬고 스스로에게 말을 걸며 엄청난 집중력을 발휘한 것 같다. 정말 말이 안 된다…. 삼십 분 만에 성공하다니. 평생 못하던 일을 대체 무엇이 가능하게 했냐 묻는다면, 모르겠다. 그냥 할 수 있을 것 같은 날이었다.

울면서 해 봐도 성공하지 못한 일을 단숨에 해냈다. 그간 정말 할 수 있는 것이었는데 내가 못 하는 척했을까 하며 스스로를 잠깐 의심했지만 나는 정말 자전거가 두렵고 싫었다. 그냥 해낼 수 있을 때 용기를 내본 것뿐인데 성공했다. 좋은 선생님이 있어도 흥미를 붙이지 못한 그 일을. 친구와 비교를 당해도 승부욕이 들지 않은 거의 유일한 영역인 자전거를 말이다. 이쯤이면 꿈에 뭔가가 있나.

내가 선택해서 시작한 것은 잘 해내야만 한다는 강박이 있다. 그래서 어떤 것을 행하기까지 이미지 트레이닝만 수천 번을 하고, 친구를 사귀는 것에도 신중해서 꽤 오랜 관찰 기간을 갖는 편이다.

덕분에 욕심이 생겼을 때 이루지 못한 적이 거의 없다. 그런 고집과 꿈에 대한 징크스가 만들어낸 시너지 덕에 가능하지 않았을까 싶다. 꼭 해야만 하는 일이라는 생각이 드니, 두려움을 느낄 겨를조차 없던 것 같다.

못하던 일을 잘하게 되는 그 순간이 좋다. 무적이 된 것만 같아서.

그리고 기다린다. 아직 내게 남은 숙제 같은 일들이 천천히 꿈에 등장해 주기만을!

오케이 다시 한번 해볼게요

초판 1쇄 발행 • 2024년 8월 19일
2쇄 발행 • 2024년 8월 22일

지은이 • 박여름
책임편집 • 박근호
마케팅 • 강진석
디자인 • 유서희
펴낸곳 • 도서출판 히읏
출판등록 • 2020년 4월 28일 제 2020-000109호
제작처 • 책과 6펜스
전자우편 • heeeutbooks@naver.com

ISBN • 979-11-92559-88-9(03810)